I0656535

OEUVRES

DE

J. BARBEY D'AUREVILLY

IL A ÉTÉ TIRÉ DE CE LIVRE :

20 exemplaires sur papier de Chine.
12 — sur papier Whatman.

Tous ces exemplaires ont été numérotés et paraphés par l'éditeur.

OEUVRES

DE

J. BARBEY D'AUREVILLY

L'AMOUR IMPOSSIBLE

LA BAGUE D'ANNIBAL

FAC ET SPERA

PARIS

ALPHONSE LEMERRE, ÉDITEUR

27-31, PASSAGE CHOISEUL, 27-31

M DCCC LXXXIV

L'AMOUR IMPOSSIBLE

CHRONIQUE PARISIENNE

> Il ne s'agit point de ce qui est beau
> et amusant, mais tout simplement de
> ce qui est.

A Madame

la Marquise Armance D... V...

MADAME,

Je mets ce petit livre à vos pieds, et, fort heureusement, c'est une bonne place, car probablement il y restera. Les exigences dramatiques de notre temps préparent mal le succès d'un livre aussi simple que celui-ci. Il n'a pas l'ombre d'une prétention littéraire, et vous n'êtes point une Philaminte : j'ai donc cru pouvoir vous le dédier. Ce ne serait qu'un conte bleu écrit pour vous distraire, si ce n'était pas une histoire tracée pour vous faire ressouvenir.

Dans un pays et dans un monde où la science, si elle est habile, doit tenir tout entière sur une carte de visite (le mot est de Richter), j'ai pensé qu'on devait offrir à l'une des femmes les plus spirituelles et les plus aimables de ce monde et de ce pays quelques légères observations de salon, écrites sur le dos de l'éventail à travers lequel elle en a fait tant d'autres qui valaient bien mieux, et qu'elle n'a pas voulu me dicter.

Agréez, Madame, etc.

J. B. D'A

PRÉFACE

Le livre que voici fut publié en 184... C'était un début, et on le voit bien. L'auteur, jeune alors, et de goût horriblement aristocratique, cherchait encore la vie dans les classes de la société qui évidemment ne l'ont plus. C'était là qu'il croyait pouvoir établir la scène de plusieurs romans, passionnés et profonds, qu'il rêvait alors ; et cette illusion de romans impossibles produisit L'Amour impossible. Le roman, en effet, n'est jamais que l'histoire de l'âme et de la vie à travers une forme sociale. Or l'âme et la vie n'habitaient pas beaucoup les boudoirs jonquilles de l'époque où se passe l'action, sans action, de ce livre auquel un critique bienveillant faisait trop d'honneur, l'autre jour, en l'appelant : « une tragédie de boudoir. »

L'Amour impossible est à peine un roman, c'est une chronique, et la dédicace qu'on y a laissée

atteste sa réalité. C'est l'histoire d'une de ces femmes comme les classes élégantes et oisives — le
high life d'un pays où le mot d'aristocratie ne
devrait même plus se prononcer — nous en ont
tant offert le modèle depuis 1839 jusqu'à 1848.
A cette époque, si on se le rappelle, les femmes
les plus jeunes, les plus belles, et, j'oserai ajouter,
physiologiquement les plus parfaites, se vantaient
de leur froideur, comme de vieux fats se vantent
d'être blasés, même avant d'être vieux. Singulières
hypocrites, elles jouaient, les unes à l'ange, les
autres au démon, mais toutes, anges ou démons,
prétendaient avoir horreur de l'émotion, cette chose
vulgaire, et apportaient intrépidement pour preuve
de leur distinction personnelle et sociale, d'être
inaptes à l'amour et au bonheur qu'il donne...
C'était inepte qu'il fallait dire, car de telles affectations sont de l'ineptie. Mais que voulez-vous? On
lisait Lélia, — ce roman qui s'en ira, s'il n'est
déjà parti, où s'en sont allés l'Astrée et la Clélie,
et où s'en iront tous les livres faux, conçus en
dehors de la grande nature humaine et bâtis sur les
vanités des sociétés sans énergie, — fortes seulement en affectations.

L'Amour impossible, qui malheureusement est un
livre de cette farine-là, n'a donc guère aujourd'hui
pour tout mérite qu'une valeur archéologique. C'est
le mot si connu, mais retourné et moins joyeux, de
l'ivrogne de la Caricature : « Voilà comme je serai
dimanche. » — Voilà, nous ! comme nous étions...

dimanche dernier, — et vraiment nous n'étions pas beaux ! Les personnages de L'Amour impossible traduisent assez fidèlement les ridicules sans gaieté de leur temps, et ils ne s'en doutent pas ! Ils se croient charmants et parfaitement supérieurs. L'auteur, alors, n'avait pas assez vécu pour se détacher d'eux par l'ironie. Toute duperie est sérieuse, et voilà pourquoi les jeunes gens sont graves. L'auteur prenait réellement ses personnages au sérieux. Au fond, ils n'étaient que deux monstres moraux et deux monstres par impuissance, — les plus laids de tous, car qui est puissant n'est monstre qu'à moitié. L'auteur qui, quand il les peignait, écrivait de la même main la vie de Brummell, a, depuis, furieusement changé son champ d'observation romanesque et historique. Il a quitté, pour n'y plus revenir, ce monde des marquises de Gesvres et des Raimbaud de Maulévrier, où non seulement l'amour est impossible, mais le roman ! mais la tragédie ! et même la comédie bien plus triste encore !... En réimprimant ce livre oublié, il n'a voulu que poser une date de sa vie littéraire, si tant est qu'il ait jamais une vie littéraire, voilà tout. Quant au livre en lui-même, il en fait bon marché. Il n'a plus d'intérêt pour l'espèce d'impressions, de sentiments et de prétentions que ce livre retrace, et la Critique, en prenant la peine de dire le peu que tout cela vaut, ne lui apprendra rien. Il le sait.

J. B. d'A.

L'AMOUR IMPOSSIBLE

PREMIÈRE PARTIE

I

UNE MARQUISE AU DIX-NEUVIÈME SIÈCLE

UN soir, la marquise de Gesvres sortit des Italiens, où elle n'avait fait qu'apparaître, et, contre ses habitudes tardives, rentra presque aussitôt chez elle. Tout le temps qu'elle était restée

2

au spectacle, elle avait, ou n'avait pas écouté cette musique, amour banal des gens affectés, avec un air passablement ostrogoth, roulée qu'elle était dans un mantelet de velours écarlate doublé de martre zibeline, parure qui lui donnait je ne sais quelle mine royale et barbare, très seyante du reste au genre de beauté qu'elle avait.

Elle jeta d'une main impatiente dans la coupe d'opale de la cheminée les pierres verdâtres — deux simples aigues-marines — qu'elle portait à ses oreilles ; et, devant la glace qui lui renvoyait sa belle tête, elle n'eut pas le sourire si doux pour elle-même que toutes les femmes volent à leur amant ; elle n'essaya pas quelque sournoise minauderie pour le lendemain ; elle n'aiguisa pas sur la glace polie une flèche de plus pour son carquois. Il faut lui rendre cette justice : elle était aussi naturelle qu'une femme, qui n'est pas bergère sur le versant des Alpes, peut l'être dans une chambre parfaitement élégante, à trois pas d'un lit de satin.

Bérangère de Gesvres avait été une des femmes les plus belles du siècle, et quoiqu'elle eût dépassé l'âge où les femmes sont réputées vieilles dans cet implacable Paris qui pousse chaque chose si vite à sa fin, on comprenait encore, en la regardant, tous les bonheurs et toutes les folies. Elle était de cette race de femmes qui résistent au temps mieux qu'aux hommes, ce qui est pour toutes la meilleure manière d'être invincibles.

Comme Mlle Georges, qu'elle n'égalait pas pour la divinité du visage, mais dont elle approchait cependant, elle avait sauvé de l'outrage fatal des années des traits d'une infrangible régularité ; seulement, plus heureuse que la grande tragé-dienne, elle ne voyait point sa noble tête égarée sur un corps monstrueux, le sphinx charmant, sévère, éternel, finissant en hippopotame. Le temps, qui l'avait jaunie comme les marbres exposés à l'air, n'avait point autrement altéré sa forme puissante. Cette forme offrait en Bérangère un tel mélange de mollesse et de grandeur, c'était un hermaphrodisme si bien fondu entre ce qui charme et ce qui impose, entre ce qui sub-jugue et ce qui enivre, que jamais l'art et ses in-comparables fantaisies n'avaient rien produit de pareil. Elle était fort grande, mais l'ampleur des lignes disparaissait dans la grâce de leur cour-bure, dans la plénitude et l'uberté des contours. Sa tête, soutenue par un cou d'une énergie sculpturale, était couverte de cheveux châtain-foncé, tantôt tombant à flots crêpés très clair des deux côtés du visage, coiffure absurde avec un visage comme le sien ; tantôt tressés dure-ment le long des joues, ce qui commençait à merveilleusement aller à son genre de physiono-mie ; ou enfin partagés parfois en bandeaux, comme elle les avait ce soir-là, avec une émeraude sur le front, ce qui était sa plus triomphante et sa plus magnifique manière. Le front manquait

d'élévation ; il n'était pas carré comme celui de
Catherine II ; mais sous sa forme toute féminine,
il y avait dans sa largeur d'une tempe à l'autre
une force d'intelligence supérieure. Les sourcils
n'étaient pas fort marqués, ni les yeux qu'ils couronnaient fort grands ; mais ces sourcils étaient
d'une irréprochable netteté, et ces yeux avaient
un éclat si profond qu'ils paraissaient immenses à
force de lumière, et que plus grands, ils eussent
semblé durs. Les yeux étaient un trait caracté-
ristique en Mme de Gesvres. Naturellement, ils
n'avaient point de douceur, et restaient perçants
et froids. C'étaient les yeux d'un homme d'État
de génie qui comprendrait assez toutes choses
pour n'avoir le dédain de rien. Quand elle voulait — car le monde lui avait appris ce qu'il
aime — les rendre caressants et tendres, ils devenaient câlins et presque faux. Tout un ordre de
sentiments manquait à ce regard d'une flamme si
noire, qui n'était vraiment superbe que quand il
était attentif.

Mais partout ailleurs se retrouvait la femme,
et même autour de ces yeux virils apparaissait la
trace meurtrie et changeante qui suffirait à indi-
quer le sexe, si le sexe ne se trahissait ailleurs
dans d'adorables différences. En effet, la largeur
des joues voluptueusement arrondies, le contour
un peu gras du menton, et les morbidezzes caressantes de la bouche, tout contrastait avec l'étoile
fixe du regard. Pour les femmes qui cachent sous

la délicatesse des lignes des organes puissants et
une vitalité profonde, il y a une beauté tardive
plus grande que les splendeurs lumineuses et
roses de la jeunesse. Mme de Gesvres était une
de ces femmes, un de ces êtres privilégiés et
rares, une de ces impératrices de beauté qui
meurent impérialement dans la pourpre et debout. Comme Ariane, aimée par un dieu, elle se
couronnait des grappes dorées et pleines de son
automne. Au contour fuyant de la bouche, près
des lèvres souriantes et humides, à l'origine des
plus aristocratiques oreilles qui aient jamais bu à
flots les flatteries et les adorations humaines, on
voyait le duvet savoureux qui ombre d'une teinte
blonde les fruits mûrs, et qui donne soif à regarder. Du front, l'ambre qui colorait cette peau,
blanche et mate autrefois, avait coulé jusqu'aux
épaules, que Bérangère aimait à faire sortir de
l'échancrure d'une robe de velours noir, comme
la lune d'une mer orageuse. On eût dit que ce
dos vaste et nu, qui renvoyait si bien la lumière,
avait brisé les liens impuissants du corsage ; il se
balançait, avec une ondulation de serpent, sur des
reins d'une cambrure hardie, tandis qu'au-dessous
des beautés enivrantes qui violaient, par l'énergie
de leur moulure, l'asile sacré de la robe flottante,
se perdait, dans les molles pesanteurs du velours,
le reste de ce corps divin.

Ce soir-là, elle n'avait pas la physionomie de
sa réputation. Elle passait pour une damnée

coquette, — damnée ou damnante, je ne sais
trop lequel des deux. — Les hommes qui l'avaient
aimée ou désirée — nuance difficile à saisir dans
les passions négligées de notre temps — la donnaient, en manèges féminins et en grâces appri-
ses, pour une habileté de premier ordre. Comme,
une fois sur la pente, on ne s'arrête plus, on
disait encore davantage ; le mot coquetterie n'est
que le *clair de lune* de l'autre mot qu'on em-
ployait. Du reste, que ce soit une médisance ou
une calomnie, une telle réputation n'est pas une
croix bien lourde quand on a affaire au scepticisme de la société parisienne, et qu'on est jeune,
spirituelle et jolie. Avec cela toute croix n'est plus
qu'une *jeannette*, et peut se porter légèrement.

Mme de Gesvres portait la sienne sur de magnifiques épaules, avec le stoïcisme d'une beauté qui
répond à tout. Elle avait été une des femmes les
plus à la mode de Paris. Avant le temps où l'on
s'abdique, et où le sceptre de la royauté des
salons, frêle porte-bouquet en écaille, passe à des
mains plus jeunes, elle s'était éloignée d'un
monde qu'elle voyait toujours, mais par plus
rares intervalles. Elle quittait moins sa douillette
de soie grise et ses pantoufles de velours, froc et
sandales de ces belles ermites de boudoir. On
s'étonnait de ce changement accompli dans la vie
de l'étincelante marquise : on ne se l'expliquait
pas. Belle et coquette, si elle sentait sa beauté
décliner, si elle n'y croyait plus, pourquoi tant de

coquetterie encore ? et si cette coquetterie était justifiée, pourquoi cet éloignement du monde ? Ah ! sans doute, elle était coquette, mais elle était plus que cette jolie chose qui nous plaît tant et qui nous désole.

Elle sonna, — une grande fille faite à peindre, l'air hardi et sournois tout ensemble, et qu'elle appela Laurette, entra pour la déshabiller. Mme de Gesvres avait pour habitude de ne jamais adresser la parole à ses femmes de service. Elle évitait par là la glose d'antichambre sur l'humeur de *Madame*. Elle tendit ses pieds à Laurette qui, un genou à terre devant elle, se mit à délacer ses brodequins. Pendant ce temps, Mme de Gesvres lisait une lettre qu'elle jeta sur la cheminée après l'avoir lue et sans lui faire l'honneur de la froisser.

— Qu'il vienne, puisqu'il y tient, — dit-elle. — Qu'est-ce que cela me fait ? Il ne m'ennuiera pas plus que tous les autres. — On le voit, ce soir-là, l'ennui était le mal de Mme de Gesvres. Hélas ! c'était son mal de tous les jours. Non pas seulement cet ennui fatigué, nerveux, assoupi, qui vient des autres, mais celui que certaines âmes portent en elles-mêmes comme une native infirmité.

C'est qu'elle était justement de cette race d'âmes frappées dès l'origine et dans lesquelles l'éducation, le monde, l'oisiveté orientale des mœurs élégantes, tout avait entretenu et déve-

loppé cette disposition à l'ennui dont elle se sentait la victime. Si elle avait eu quelque passion,
des regrets affreux — car c'est à cela qu'aboutit
l'inanité des souvenirs — auraient du moins été
une proie pour sa pensée ou ses sentiments, deux
choses si voisines dans les femmes ! Mais de passion, en avait-elle jamais eu, et quoiqu'elle le dît,
pouvait-on la croire? Quand elle affirmait, en
montrant ses dents nacrées, qu'elle avait aimé
autrefois avec énergie et qu'elle avait horriblement souffert, on ne pouvait s'empêcher de douter qu'il y eût eu jamais quelque chose de violent
dans un être si parfaitement calme, et d'horrible
dans un être si parfaitement beau.

Et pourtant, oui, elle avait aimé. Au début de
la vie, et peu de temps après son mariage, la
trahison d'un amant lui avait brisé le cœur.

Un jour cet amant, dans un accès de fureur
jalouse, lui brisa aussi une de ces épaules qu'elle
aimait à découvrir aux regards éperdus des hommes. Dans la civilisation de la femme, une
épaule cassée est plus qu'un cœur brisé, sans nul
doute. Mᵐᵉ de Gesvres ne voulut point revoir son
amant.

Elle passa presque une année dans la solitude
la plus complète. Son mari traînait des velléités
d'ambition à la suite de l'ambassadeur de France
à Saint-Pétersbourg. Il laissait à sa femme toute
la liberté dont jouit une veuve. Après son année
de solitude, elle reparut plus brillante que jamais.

A la coquetterie d'instinct, elle ajouta la coquetterie de réflexion. Le monde lui donna une foule
d'amants qu'elle ne prit pas. Il est vrai que le
monde avait pour lui ces probabilités et ces apparences qui décident de tout dans un procès cri-
minel. Mais quoi qu'il en pût être, le vieux juge
fut dupé, et l'opinion publique mystifiée.

Comme toutes les femmes qui ont quelque
distinction dans l'esprit et cette froideur de sens,
distinction non moindre et la prétention un peu
hautaine des vicomtesses de notre époque, Mme de
Gesvres ne trouvait plus les hommes bons que
pour des commencements d'aventures dont les
dénoûments restaient bientôt impossibles. En vain,
l'imagination avait dit *oui ;* le bon sens fortifié
par l'expérience répondait *non* tout haut et toujours. Ainsi la vie de cette femme avait-elle contracté dans ses moindres actes une pureté, fille
de la sanité de l'esprit, la seule pureté qui puisse
exister dans le monde de corruptions charmantes
où nous avons le bonheur de vivre.

C'était là le beau côté de la marquise de Gesvres, mais elle l'estimait sans doute beaucoup
moins qu'il ne valait. On ne lui avait jamais appris
à se préoccuper de ce qu'il peut y avoir de moral
et d'élevé dans une situation ou dans une habitude de la pensée. Cet intérêt profond et immatériel que certaines âmes orgueilleuses tirent
d'elles-mêmes lui avait toujours manqué ; elle n'y
songeait pas. Le seul intérêt qu'elle comprît était

plus vulgaire, mais aussi plus aimable (aimable
est un mot inventé par la vanité des autres), puisque cet intérêt prenait sa source dans des sentiments partagés.

Aussi faisait-elle bon marché de ce qui la rendait une noble créature sous des apparences bien
légères. Elle avait grand tort ; mais vous le lui
auriez dit, que l'indomptable enfant gâté qu'elle
était vous aurait regardé avec un air de scepticisme et de lutinerie, et vous eût envoyé promener, vous et vos sublimes raisonnements. Elle
croyait tellement en elle-même, elle poussait la
fatuité d'être belle jusqu'à un tel vertige, qu'elle
n'imaginait pas que cette expression de malice
triomphante et de moquerie pût faire tort à sa
beauté même et former une dissonance avec l'ensemble de ses traits sévères, réguliers, harmonieux.

Et cependant ce culte de sa beauté n'était pas
si grand qu'il lui donnât les émotions que sa
nature et son désir secret exigeaient. Il lui aurait
fallu un autre être à admirer et à aimer que celui
qu'elle rencontrait périodiquement chaque soir et
chaque matin dans la glace de son alcôve. Elle
n'en convenait pas vis-à-vis d'elle-même, car nos
petits systèmes de fausseté à l'usage du monde
nous suivent beaucoup plus loin qu'on ne croit :
ils adhèrent à la conscience et s'introduiraient
jusque dans nos prières à Dieu, si nous en fai-
sions. Peut-être est-ce aller trop loin, nonobstant,
que de dire qu'elle ne convenait pas de ce besoin

d'affection tant de fois trompé déjà. Elle le mas-
quait plutôt. Elle se donnait les airs élégiaques de
torche fumante ; mais quoiqu'on pensât que le
pied qui avait éteint et renversé un pareil flam-
beau dût être celui d'un grand profane ou d'un
grand habile en fait de bonheur, on souriait d'incrédulité à ces discours sur la consommation
définitive de sa faculté d'aimer, car s'il est beaucoup de femmes qui se prostitueront toujours en
se donnant, vu la bassesse ordinaire des amants
favorisés et des hommes en général, il n'est pas
certain pour cela que les cœurs aimants soient
radicalement corrigés des mouvements généreux.
Autrement, la première épreuve malheureuse
serait une garantie plus solide qu'elle n'a coutume
de l'être en réalité.

Ces airs-là, du reste, n'étaient que des caprices
en Mme de Gesvres. Ils n'entraient point dans son
attitude ordinaire ; mais, comme elle était fort
mobile, après avoir tourné le kaléidoscope de
plusieurs manières ils ne manquaient jamais
d'arriver. Ils devenaient même souvent le point
de départ d'une théorie que beaucoup de femmes
se permettent, et qui restait théorie dans la
bouche de Mme de Gesvres, à cause justement de
ces qualités précieuses que nous avons indiquées,
la froideur des sens et la hauteur de son esprit.
Cette théorie, à l'usage de tout ce qui est cor-
rompu, ne va rien 'moins qu'à tuer la probité
dans les sentiments les plus beaux et les relations

les plus chères. C'est une déclaration d'indépendance, ou plutôt une vraie déclaration de brigan-
dage. — Parce que l'on a été malheureuse une
fois, parce qu'on a fait un choix indigne, on se
croit hors du droit commun en amour. On se
promet de la vengeance en masse, envers et
contre tous. On mâche ses balles ; on empoisonne
ses flèches et ses puits. C'est de la justice sur
une grande échelle, c'est du talion élargi. Mais,
comme l'on proclame bien haut ce qui serait
peut-être dangereux si on voulait garder le
silence, on donne du cœur à l'ennemi en lui an-
nonçant le fil de l'épée. Quand Mme de Gesvres
parlait des tourments qu'on devait infliger aux
hommes, et qu'elle paraissait résolue à leur en
prodiguer sans compter, n'allumait-elle pas elle-
même le phare sur l'écueil ?

Ainsi elle avait le langage de la corruption et
elle n'était pas corrompue, et l'ennui renforçait
encore ce langage auquel le monde se prenait
avec son génie d'observation ordinaire. Elle répétait qu'*il fallait tout faire, si tout amusait ;* principe fécond en nombreuses conséquences et dont,
cynique de bonne compagnie, elle entrevoyait
fort bien la portée. Seulement, si l'on eût invo-
qué le principe en son nom, si l'on se fût réclamé
contre elle de la bravoure de sa parole, elle aurait mis bien vite sa fierté à couvert sous l'inter-
rogation assez embarrassante : Vous ai-je dit,
monsieur, que cela m'amusât ?

Laurette s'en était allée après avoir mis aux
pieds de sa belle maîtresse les molles pantoufles,
nourrices de la rêverie. Elle l'avait déshabillée
pendant le temps que j'ai essayé de faire connaître un peu en gros et rapidement le caractère
qui doit donner la vie à ce récit. Mᵐᵉ de Gesvres
restait assise sur un espèce de divan très bas. Elle
avait repris la lettre jetée par elle dans la coupe
irisée où elle avait déposé les aigues-marines de
ses oreilles. Elle se mit à relire nonchalamment
cette lettre si vite parcourue et qui disait :

« Madame,

« Une de vos amies, Mᵐᵉ d'Anglure, a eu la
« bonté de vous parler de moi quelquefois. Je n'ose
« croire à un intérêt qui me flatterait trop, ne fût-il
« que la curiosité la plus simple. Mais vous avez
« eu la grâce de dire à Mᵐᵉ d'Anglure qu'elle pou-
« vait m'amener à vos pieds. Ce n'est pas là préci-
« sément le mot que vous avez dit ; mais c'est ma
« pensée. Retournerez-vous contre moi l'absence de
« Mᵐᵉ d'Anglure, qui ne doit revenir à Paris qu'au
« commencement du printemps, et ne me permet-
« trez-vous pas, madame, de me présenter seul chez
« vous ?

« Agréez, madame, etc.,

« R. DE MAULÉVRIER. »

C'était, comme l'on voit, un billet fort simple
pour demander une chose plus simple encore, le

droit de se présenter et la faveur d'être reçu, ce
qu'il y a au monde de plus officiel dans nos
mœurs.

Le billet avait raison quand il disait que Mme de
Gesvres avait exprimé à Mme d'Anglure le désir de
voir chez elle M. de Maulévrier. Il avait tort
quand il ajoutait *qu'il n'oserait croire* et toute la
sournoiserie de modestie hypocrite qui suivait.
Personne n'était moins modeste que M. de Maulévrier, et il osait très bien croire à l'intérêt qui
devait le flatter le plus.

Il faut bien dire, car c'est la vérité, que M. de
Maulévrier était l'amant de Mme d'Anglure, et que
celle-ci, liée avec la marquise de Gesvres, lui avait
raconté, dans des confidences intimement en-
nuyeuses pour l'amie chargée du rôle d'écouter,
tous ses impertinents bonheurs. Jeune, expansive,
enthousiaste, Mme d'Anglure avait fait de Mme de
Gesvres le témoin de bien des folles larmes.
Comme Mme de Gesvres allait peu dans le monde
et que M. de Maulévrier était fort blasé sur les
plaisirs qu'on y goûte, il n'était pas étonnant qu'ils
ne s'y fussent jamais rencontrés. D'un autre côté,
dans le temps du *règne* de Mme de Gesvres, M. de
Maulévrier ne vivait point à Paris.

Une chose qui prouve admirablement en faveur
de notre société actuelle, c'est qu'autant on se
perd corps et âme dans le mariage, autant on
reste à la surface du monde au sein de l'amour
le plus profond et le plus vrai. Un homme gagne

cent pour cent aux yeux de toutes les femmes
quand il passe pour avoir cette rareté grande,
une véritable passion dans le cœur. C'est une
distinction inappréciable, une décoration qui sied
à l'air du visage ; cela *fait bien*, comme diraient
des femmes, de l'ordre de la Toison d'or sur une
cravate de velours noir. Malgré la démocratie qui
nous emporte, la Toison d'or aura encore pendant longtemps un très grand charme de parure ;
mais quand on ne l'a pas à s'étaler sur la poitrine,
un attachement très avoué pour une femme en
particulier pose merveilleusement auprès des
autres.

Et en sa qualité de femme, la marquise de
Gesvres subissait cela comme les moins distinguées
de son espèce. Aussi, plus d'une fois avait-elle
demandé des détails à Mme d'Anglure sur la *grande
passion* de M. de Maulévrier. Le diable sait seul
probablement ce qui se passait dans sa tête pendant que Mme d'Anglure répondait longuement à
ces questions. Il y avait peut-être le singulier
intérêt qui s'attache pour toute femme à un amour
qui n'est pas pour elle ; peut-être aussi un peu de
malice, car Mme d'Anglure paraissait un peu sotte
à sa tendre amie, et celle-ci s'était étonnée plus
d'une fois qu'une pareille femme eût pu fixer un
homme du mérite de M. de Maulévrier.

En effet, M. de Maulévrier avait un mérite
incontesté dans le monde ; il y jouissait d'une
réputation superbe d'homme d'esprit qui, comme

la Fortune, était venue s'asseoir à sa porte sans
qu'il lui eût fait la moindre avance. Son indolence
était telle qu'on pouvait le voir cinquante fois de
suite et ne pas connaître, comme l'on dit, la couleur de ses paroles. Eh bien ! son silence lui réussissait. On le respectait comme un serpent
engourdi ; il passait, à raison ou à tort peut-être,
mais enfin il passait pour un homme supérieur.

Cette réputation était venue jusqu'à Mme de
Gesvres. Aussi lui semblait-il étrange que M. de
Maulévrier eût eu la méprise d'un amour sérieux
pour Mme d'Anglure ; comme si l'esprit était néces-
saire pour se faire aimer, quand on a des manières pleines d'élégance et un genre de beauté
très relevé et vraiment patricien ! Ces avantages
si nets, Mme d'Anglure les possédait à un degré
éminent ; que lui fallait-il davantage ? Mme de
Gesvres, qui jugeait un peu trop l'amour du point
de vue commun à toutes les relations de la vie,
croyait bonnement que l'esprit était la perle des
dons que Dieu a répandus sur les femmes, et le
Régent de leurs couronnes. Petit enfantillage
égoïste, ordinaire aux personnes spirituelles qui
ont la modestie d'ignorer que tout l'esprit du
monde ou du diable ne vaut pas le plus léger
mouvement d'éventail quand il s'avise d'être
gracieux.

Et tout cela aurait dû, à ce qu'il semblait,
donner à Mme de Gesvres l'intérêt de la visite
qu'elle attendait le lendemain. Mais sa pensée était

si lasse, la nuit l'affaissait tellement sur elle-même, qu'elle était aussi déprise de tout que jamais en regardant sans voir le cachet qui fermait la lettre de M. de Maulévrier.

A quoi pensait-elle ? — Elle ne pensait pas. Elle avait la torpeur de cet ennui qui noyait sa vie. Nulle préoccupation n'influait sur sa manière d'être. Nul pressentiment ne l'avertissait de la nouvelle ère que le lendemain commencerait pour elle. Les pressentiments n'atteignent jamais que les êtres chez qui l'imagination domine et le corps languit. Or, Mme de Gesvres avait beaucoup trop d'esprit pour avoir de l'imagination, et son corps ne languissait pas plus que les torses de Rubens.

LA PREMIÈRE ENTREVUE

L E lendemain, Mme de Gesvres alla au bois, malgré l'humidité déjà froide des matinées d'octobre. En revenant de sa promenade, elle fit quelques visites et rentra pour recevoir M. de Maulévrier.

Celui-ci vint peu de temps avant l'heure où l'on dîne, et comme l'on était en octobre et que, d'ailleurs, l'appartement de Mme de Gesvres était drapé avec toutes les prétentions au mystère qu'ont tant de femmes qui n'ont rien à cacher, ils se virent à peine, tout en se parlant d'assez près.

Ainsi ils commencèrent par où les autres finissent, car l'esprit est la dernière chose que l'on montre dans ces premières rencontres qu'on appelle *faire connaissance*, et l'air, la figure et la

pose y sont presque tout dès l'abord ; le reste
vient après, s'il y a un reste, lequel, par paren-
thèse, n'est jamais accepté que sur le pied où
l'air, la figure et la pose l'annoncent ; chose
absurde, mais souveraine.

La conversation fut ce qu'elle est toujours
quand on se voit pour la première fois. Cependant, comme ils étaient assez curieux de se connaître l'un et l'autre, à cause de ce qu'ils avaient
entendu dire en bien ou en mal de leurs augustes
personnes, ils montrèrent plus d'entrain dans leur
conversation qu'on n'était en droit d'en attendre
d'une femme ordinairement ennuyée et d'un
homme ordinairement indolent. Ils s'animèrent ;
ils firent feu de temps à autre avec la parole, et
enfin ils se *parurent* réciproquement très spirituels.
Vivant sous l'empire de la civilisation parisienne,
et n'étant plus ni l'un ni l'autre au début de la
vie (Mme de Gesvres avait trente-deux ans et
M. de Maulévrier vingt-sept), c'était la seule sensation qu'ils devaient se donner. Ils ne pouvaient
éprouver ces ridicules embarras qui prédisposent
à l'amour et qui constituent à la première entrevue
le douloureux bonheur d'être ensemble.

Ils parlèrent fatalement de Mme d'Anglure,
puisqu'elle était le nœud de leur connaissance.
Ils en parlèrent avec un goût et une sobriété parfaite, comme l'on doit parler de son ami et de
sa maîtresse dans un monde où l'on est obligé
de montrer l'indifférence la plus dégagée à propos

de ses meilleurs sentiments. Aux termes où ils en
étaient, nulle allusion à la liaison de Mme d'Anglure et de M. de Maulévrier n'était possible
entre gens de si bonne compagnie. Qui des deux
se la serait permise fût tombé dans le mépris de
l'autre immédiatement.

Cette réception presque dans la nuit, grâce à
l'heure avancée d'un jour d'octobre et aux obs-
curités de l'appartement, impatientait un peu
M. de Maulévrier. Il y avait bien du feu dans la
cheminée, mais c'était un brasier dont la lueur
ne remontait pas jusqu'au visage de Mme de
Gesvres, et dont le reflet mourait sur des pieds
irréprochables dans leur svelte forme, mais pleins
de puissance, et qui s'appuyaient avec plus d'a-
plomb que de légèreté sur un coussin de velours.

Laurette fit cesser toutes les impatiences inté-
rieures de M. de Maulévrier. Elle apporta une
petite lampe d'albâtre qui déversait une de ces
fausses et charmantes lumières comme le génie
du mal, le diable en personne, a dû en inventer
pour l'usage des femmes qui font ses affaires dans
ce monde ; car tout ce qui est mensonge leur
va à merveille, et cette lumière est une flatterie.

Le coup d'œil de part et d'autre fut aussi
assuré que rapide.

— Je vous connaissais, monsieur, — dit Mme de
Gesvres.

— Et moi aussi, madame, je vous connaissais,
— répondit M. de Maulévrier.

Ils s'étaient vus, la veille, aux Italiens. M. de Maulévrier, qui était seul dans sa loge, n'avait pu demander à personne quelle était cette femme enveloppée dans sa pelisse pourpre avec un air si antidilettante, et Mᵐᵉ de Gesvres avait très bien remarqué l'élégance d'un homme dont la physionomie indifférente avait l'air que nous pourrions supposer aux paresseuses divinités de Lucrèce.

Mais l'attention de Mᵐᵉ de Gesvres pour un homme dont les regards obstinément fixés sur elle devaient avoir le velouté d'un hommage, ne dura que quelques instants. Gâtée par les prosternements des hommes, objet des plus ardentes contemplations, cible ajustée par toutes les lorgnettes, Mᵐᵉ de Gesvres se détourna bientôt de cet homme de plus qui probablement l'admirait. Comme ce soir-là était un de ses plus cruels moments d'ennui, elle sortit bien avant la fin du spectacle, et ne se douta point que la lettre qui lui fut remise en descendant de voiture fût précisément du seul être qui dans la soirée l'eût fait sortir, pour une minute, de ses anéantissements.

Par un hasard unique dans les annales de Mᵐᵉ de Gesvres, la seconde impression que lui causa M. de Maulévrier fut dans le même sens que la première. Comme l'on dit dans le monde avec une élégance positive et un peu abstraite, elle le *trouva bien ;* toutes les plus passionnées admirations venant expirer à ce mot suprême, les co-

lonnes d'Hercule de l'éloge dans l'appréciation
des gens bien appris.

Quant à elle, il était évident qu'elle était moins
belle aux yeux de M. de Maulévrier, vêtue de
gris comme elle l'était alors et avec un bonnet,
— charmant pour qui n'eût été que jolie, — que
la veille, les cheveux plaqués aux tempes, l'émeraude flamboyante au front, et ses larges flancs
respirant puissamment dans la peau de bête fauve
qui doublait sa mante écarlate. Il y avait entre
cette espèce de panthère étalée dans la cage
d'une loge au Théâtre-Italien et la Parisienne
sédentaire, assise près du foyer, sur sa causeuse,
une différence immense, infranchissable, — celle
du rose pâle de ses gorgères.

Mais quelles que fussent leurs impressions à
tous les deux, ils ne s'en cachèrent pas plus qu'ils
ne s'en communiquèrent le secret. Ils ne pouvaient encore se mentir l'un à l'autre, privilège
d'une connaissance plus étroite et d'une intimité
plus grande. Seulement, ils mentirent à Mme d'Anglure en lui écrivant leur opinion l'un sur l'autre,
M. de Maulévrier dans la soirée de cette première
entrevue, et Mme de Gesvres huit jours après,
comme si c'était en elle paresse pleine d'indifférence, mensonge de plus !

Voici quelques-uns des mensonges de M. de
Maulévrier :

« Vous m'avez quelquefois reproché, ma chère
« Caroline, la prétention au coup d'œil d'aigle et

« à la vérité de la première impression. Une fois
« de plus, une fois encore, je vais vous donner
« des armes contre moi. Vous grondez si bien et
« d'une voix si douce, que je désire beaucoup
« plus vos gronderies que je ne les crains. Je
« sors de chez Mme de Gesvres. Je viens de voir
« cette fière beauté si renommée, et qui tout
« crûment me déplairait, si elle n'était pas votre
« amie.

« Hier, je l'avais aperçue aux Italiens, sans me
« douter que ce fût elle. De loin, aux lumières,
« elle produit un effet assez imposant, mais de
« près et de plain-pied on s'arrange peu de tout
« ce grandiose. Franchement, quand on n'est pas
« impératrice de Russie et qu'on n'a pas empoi-
« sonné son mari, il ne sied pas en Europe d'a-
« voir un genre de beauté comme celui-là.

« Mme de Gesvres, qui n'est qu'une des femmes
« les plus élégantes de Paris et qui n'a jamais
« empoisonné de mari, car à quoi bon dans nos
« mœurs actuelles? est une coquette éblouie et
« gâtée par les éloges, les admirations, les fausses
« amitiés et les faux amours, et qui n'entend pas
« plus les intérêts de sa beauté que s'il n'y avait
« pas de glace sur la cheminée et d'instinct de
« femme dans son cœur. Je l'ai trouvée mise
« comme vous auriez pu l'être, ma chère belle,
« vous d'une beauté si molle et si pure ! Comme
« vous, elle ose bien fermer à demi ces yeux qui
« ne sont pas trop grands, je vous jure, et qui,

« je crois, sont aisément durs. Mais ce qui est en
« vous abandon et charme n'est en elle que
« chatterie et perpétuels artifices. Elle travaille
« immensément son sourire, mais elle ferait bien
« mieux de l'attendre que de l'appeler.

    « Rien dans ce que je lui ai entendu dire ne
« justifie la réputation de personne d'esprit qu'on
« lui a faite. D'ailleurs, l'esprit d'une femme est
« tout ce qui semble l'expression de son âme, et
« si Mme de Gesvres a de l'âme (car vous la dites
« bonne, compatissante, dévouée), rien n'en
« passe à travers sa beauté opaque qui n'étin-
« celle jamais que du feu d'une plaisanterie, ou
« du désir de paraître plus grande qu'elle ne
« l'est en réalité, etc., etc. »

    C'est ainsi que M. de Maulévrier rendait compte
à la charmante petite d'Anglure de sa visite à
Mme de Gesvres. Le jugement qu'il venait d'écrire,
quoique vrai en plusieurs endroits, et en se tenant
aux surfaces d'une nature féminine qui ne manquait pourtant pas d'une certaine profondeur, ce
jugement était complétement faux d'après les
sensations de celui qui l'avait écrit. La beauté de
Mme de Gesvres, si critiquée, l'avait au fond
trouvé très sensible, et ni la robe inharmonieuse
de soie gris de perle, d'une teinte trop indécise et
trop pâle, ni ces rubans roses, noués sous ce
menton qui avait la matidité du marbre et l'idéalité du ciseau grec, ni ces sourires bassement
mendiants de coquette, ni ces regards mi-clos à

dessein et voluptueux à froid, n'avaient empêché M. de Maulévrier de regarder Mme de Gesvres comme la plus belle créature qu'il eût jamais vue, et la plus *tentatrice* pour son imagination blasée d'homme du monde et ses sens expérimentés de vingt-sept ans.

Il est vrai que depuis quatre immenses mois il était lassé de cette beauté de camélia élancé, mol et pur, que Mme d'Anglure possédait à un degré si éminent ; de toute cette jeunesse virginale encore, malgré deux années d'un mariage consommé seulement, à ce qu'il semblait, dans l'écartèlement de deux écussons sur la portière d'une voiture ; de toutes ces fragilités d'albâtre, de toutes ces délicatesses infinies qui faisaient de Mme d'Anglure une friandise si recherchée par les sybarites intellectuels de l'amour moderne. Et ce n'est pas tout encore : il était fatigué aussi de l'imperturbable tendresse qu'on lui montrait, et de cette bêtise pleine de charme qu'aimaient Rivarol et Talleyrand et qui est le majorat des femmes tendres. Ces dispositions, que lui seul appréciait, furent peut-être la cause de son admiration spontanée pour Mme de Gesvres. Du moins cela la prépara-t-il. Le monde reconnaissait à Mme de Gesvres beaucoup plus que cet esprit, le seul exigible dans les femmes et qu'elles ont en commun, quand elles sont jolies, avec les pêches mûres et les roses mousse entr'ouvertes. Or cette opinion du monde pouvait influer sur M. de

5

Maulévrier qui n'était pas du tout un philosophe,
et qui, dans ses fantaisies et ses préférences, n'a-
vait pas le mauvais goût héroïque de mépriser
l'opinion.

Quant à Mme de Gesvres, les mensonges qu'elle
écrivit à son amie Mme d'Anglure furent beaucoup
plus courts, et par conséquent beaucoup plus
profonds que ceux de M. de Maulévrier. Si tout
homme ment, dit le sage, toute femme ment
aussi, mais beaucoup mieux. Au lieu d'arranger
agréablement de petites faussetés en manière
d'opinions, comme n'avait pas manqué de faire
M. de Maulévrier, Mme de Gesvres eut l'art de
glisser dans une lettre sur la façon de poser les
volants et la forme nouvelle des turbans de l'hiver,
un : « A propos, ma chère, j'ai vu M. de Maulé-
« vrier. Mon Dieu, comment est-il possible que
« vous vous soyez compromise pour cet homme-
« là ! » Il y avait dix-huit mois en effet que
Mme d'Anglure avait été jugée compromise par
les soins qu'elle agréait de M. de Maulévrier. La
phrase de Mme de Gesvres le rappelait avec une
charmante cruauté de compatissance. Tout le
génie de la femme respirait dans ce repli épistolaire. C'était tout à la fois mensonge et perfidie,
masque et stylet.

Cependant, comme M. de Maulévrier était en
vacances de cavalier servant par l'absence de
Mme d'Anglure, il ne trouva rien de mieux à faire
que de retourner chez la marquise. Elle avait pris

son air de reine pour lui dire qu'elle était toujours chez elle à quatre heures. C'était de tous les airs que sa mobile coquetterie et ses talents de comédienne lui inspiraient, et qui semblaient plus nombreux et plus étonnants que les merveilleuses robes de Peau d'Ane, celui qui allait le mieux à son genre de physionomie, comme le rouge était la couleur qui seyait le plus à son teint. — M. de Maulévrier, qui trouvait une nuance de bassesse dans la courtoisie des hommes vis-à-vis des femmes, et que Mme d'Anglure avait dressé au rôle de sultan, ne fut point blessé de l'assurance avec laquelle on lui prescrivait presque de venir. Avec ses idées sur la position des femmes au dix-neuvième siècle et les habitudes de toute sa vie, cela ressemblait à de la prédestination.

III

MAULÉVRIER

LE marquis Raimbaud de Maulévrier était un de ces élégants patriciens comme il s'en détache quelquefois sur le fond commun de notre société bourgeoise; mais tout patricien qu'il fût, c'était un homme d'une raison trop affermie pour se méprendre aux tendances de son époque et pour se faire le Don Quichotte d'un temps épuisé. Élevé par une famille gardienne fidèle de bien des préjugés sur les classes auxquelles écherra le pouvoir de l'avenir, il n'avait accepté aucune des illusions qui font de quelques jeunes nobles de nos jours des oisifs frémissants et superbes, ne voulant pas se mêler aux promiscuités de la mauvaise compagnie. Ce mot lui-même sent l'illusion que M. de Maulévrier ne partageait pas. C'est une épave d'une société naufragée, poussée par le flot de l'habitude dans le langage du temps pré-

sent. Il ne peut plus y avoir en effet de mauvaise
compagnie pour une nation qui a mis l'égalité
dans son code, et qui trouvera peut-être un de
ces matins dans ses mœurs la nécessité du suf-
frage universel. (1) Cette appréciation exacte et
désintéressée des choses, qui aurait fait de M. de
Maulévrier un homme d'État, si derrière cette
appréciation il y avait eu l'ambition qui l'applique
et qui l'utilise, l'avait empêché de jouer au pas-
tiche, comme tous les pauvres jeunes gens ses
contemporains. C'était un dandy de son époque,
et rien de plus. Seulement, pour n'avoir été rien
de plus, pour s'être arrêté à ce point juste dans
la réalité de son temps, pour n'avoir singé ni
Byron, ni Alfieri, ni Lovelace, ni Don Juan, ces
physionomies devant lesquelles tout ce qui en
avait une la grima, pour avoir échappé au néo-
christianisme, aux préoccupations moyen-âge, et
pour être demeuré dans l'insouciante vérité ou le
doute insouciant de sa nature, il avait fallu une
certaine force d'inertie rebelle aux entraînements
du dehors, ou une raison supérieure. Cette raison
supérieure, M. de Maulévrier l'aura plus tard sans
nul doute, mais la coupe de ses vêtements était
alors d'une trop grande élégance pour que l'indolence de sa personne ne fît pas la moitié de la
puissance de sa raison. C'était comme le dernier
archevêque de Rohan, qui devint prêtre parce

(1) Il l'y a trouvé.

que sa femme était morte pour avoir mis le feu à sa
jupe, mais qui, à cause de la beauté même des
dentelles de son rochet d'archevêque, faisait un
peu tort à la magnifique réputation de son chagrin.

Au reste, s'il avait été préservé par les défauts
et les qualités de son esprit des imitations tour-
mentées d'une époque de perroquets et de singes,
M. de Maulévrier n'était ni plus vrai, ni plus naturel qu'on ne l'est ordinairement à Paris. A Paris,
qui est vrai maintenant? Le naturel n'est plus que
la superstition de quelques femmes charmantes;
mais ces femmes charmantes mettent une nuance
de rouge vers quarante ans, et donnent tous les
soirs sur leurs canapés dix démentis à leurs principes religieux, en fait de naturel et de vérité.
Seulement, comme l'apprêt et la fausseté de
M. de Maulévrier n'étaient ni l'apprêt ni la fausseté des autres, il paraissait fort affecté à cette
société affectée qui lui reprochait sans cérémonie
d'être fat, ce mot compromis par les sots, mais
que les gens d'esprit relèvent. Certes, si l'on entend par fatuité une excellente et imperturbable
bonne opinion de soi-même qui faisait rarement
l'hypocrite, M. de Maulévrier méritait un peu ce
nom terrible que les femmes appliquent d'une
façon presque imprécatoire à l'homme qui ne
met pas toute sa gloire à les aimer, et dont la
vanité n'est pas la très humble servante de la leur.
Cette bonne opinion, quand on l'a, se montre surtout dans les relations du monde avec les femmes,

par l'emploi d'une politesse froide et réservée,
bien éloignée des câlineries et des vertèbres de
serpent qu'il fallait avoir autrefois, quand c'était
un honneur de recevoir, comme le maréchal de
Bassompierre, six mille lettres d'amour écrites
par des mains différentes. Alors la fatuité consis-
tait en une magnifique impudence qui disait les
choses haut et net, faisait la roue sous tous les
lustres, et gardait fièrement après rupture le portrait de toutes ses maîtresses pour orner sa petite
maison. Aujourd'hui, la fatuité ne ressemble plus
à tout cela ; elle n'est plus de l'impertinence dans
le mot qu'on dit, mais dans le silence qu'on garde.
Elle ne conquiert plus, elle attend. Elle est nonchalante comme Cléopâtre. Elle ne fait plus de
sièges, elle en soutient. Dans notre temps, les
hommes véritablement fats et d'une certaine valeur de vanité sociale ne font plus la moindre
avance aux femmes, mais se renferment avec elles
dans un bégueulisme dégoûté et convenable tout
ensemble, qui est du plus majestueux effet. A
cette heure, Richelieu ne se recommencerait pas
sans un immense ridicule. Les Richelieu de notre
âge portent des jupons : ils sont femmes. Si autrefois un homme ne se comptait que par le
nombre de femmes écrites sur sa liste, les femmes
d'aujourd'hui ne se comptent que par l'hécatombe
de sots cotés en amoureux sur leurs chastes
albums, et c'est ainsi que d'un siècle à l'autre les
rôles ont été intervertis.

Cette idée sur les femmes et leur destination
actuelle appartenait à M. de Maulévrier, et devait
influer sur sa conduite. Jusque-là, du moins, elle
y avait influé. Comme les *coups de foudre* n'exis-
tent pas pour les fils de ceux qui ont vu la révo-
lution française, M. de Maulévrier, tout en retournant chez Mme de Gesvres, tout en s'imprégnant
de plus en plus de la beauté et de l'esprit de cette
femme, ne cessa de conserver les habitudes sous
l'empire desquelles il était toujours demeuré. Il
gardait sa pose éternelle d'homme du monde élégant, courtois, quoiqu'un peu railleur, mais après
tout irréprochable. Malgré ces dehors introublés,
M. de Maulévrier sentait cependant chaque soir
davantage que cette belle créature, cette reine de
causeuse et de canapé, exerçait sur lui une puissance que nulle femme n'avait exercée, même
dans le temps qu'il était plus jeune et qu'il fes-
tonnait des romans en action sur les patrons de
ceux qu'il lisait. Comment fallait-il appeler cette
puissance? Était-ce de l'amour? A coup sûr, c'é-
tait de l'amour à son aurore; car l'amour commence par une admiration naïve ou cachée, la
préoccupation incessante, beaucoup de désirs et
un peu d'espoir. Or l'espoir de ce fat de Maulévrier était immense, et la vanité d'avoir pour conquête, dans les chroniques de la médisance parisienne, une femme d'un esprit et d'une beauté
de si haut parage, faisait terriblement flamber ses
désirs.

Quant à elle, elle sentait un intérêt nouveau
se glisser dans sa vie, et ce n'était pas seulement
l'intérêt de l'intérêt qu'on inspire, ce n'était pas
seulement celui d'un de ces *commencements sans
la fin*, qui pour elle n'avaient été que trop nombreux. C'était quelque chose de plus fort et de
mieux accueilli. Elle espérait que si cet intérêt
grandissait et devenait de l'amour, il emporterait
l'apathique ennui dans lequel trempait sa vie depuis si longtemps. Elle avait vu M. de Maulévrier
à travers les larmes de Mme d'Anglure : c'était
quand elle ne le connaissait pas ; maintenant elle
trouvait que la tête allait fort bien à l'auréole, et
que tant de larmes avaient eu raison de couler ;
mais comme, hors ces larmes, celle qui les versait
n'était qu'une faible tête après tout, Mme de
Gesvres s'apitoyait fort sur ce que ce pauvre Maulévrier n'avait pas trouvé en Mme d'Anglure la
femme qui convenait à ce qu'il avait de distingué
dans l'esprit et peut-être d'exigeant dans le cœur.
Ainsi, pour elle, comme pour tous, Maulévrier
devait être un homme à passion romanesque et
profonde. Il passait pour passionné comme il
passait pour supérieur, sans avoir jamais fait pour
cela que se donner la peine de naître et d'avoir
des yeux noirs assez beaux.

Dans ces dispositions mutuelles l'une vis-à-vis
de l'autre, ils ne tardèrent pas à vivre sur ce pied
d'intimité qui précède les aveux et les autorise
entre gens qui ne sont plus des enfants, et qui

6

sont libres de disposer de leurs sentiments et de leurs heures. Le mari de Mme de Gesvres ne bougeait de Russie, et quant à l'esclavage de M. de Maulévrier et à son amour pour Mme d'Anglure, tous les jours cette chaîne et cet amour allaient diminuant. Comme celle-ci vivait tranquillement à la campagne, croyant à l'antipathie de son amant pour son amie, et à un amour qui depuis un temps immémorial ne lui renvoyait qu'une seule lettre pour une douzaine, ils avaient toute facilité pour s'adorer et pour se le dire. Quoique ce fût à Paris, rue Royale, et dans un boudoir qui n'avait jamais été un désert, ils pouvaient cependant se créer une solitude aussi grande que celle de Juan et d'Haïdée aux bords des mers méditerranéennes.

Malheureusement, le Juan était un gentilhomme accompli qui savait son Byron par cœur, et qui avait passé sa jeunesse à faire une épouvantable consommation de gants blancs et à réfléchir sur la vie, les deux seules ressources qui nous soient restées, à nous autres jeunes gens qui n'avons pas vu Napoléon; et la Haïdée était, ma foi, d'une beauté aussi grande que Haïdée elle-même, mais ni si jeune, ni si naïve, ni si divinement ignorante, ni si prédisposée à l'amour. La prédisposition de Mme de Gesvres était celle de toutes les femmes très spirituelles des sociétés avancées, l'ennui d'être et l'horrible peur de vieillir pour rien.

Grâce donc à ce misérable ennui et à cette terreur prévoyante, grâce aussi peut-être à l'immense convoitise qui saisit toute femme quand il s'agit de souffler l'amant et d'escamoter le bonheur d'une autre, Mme de Gesvres résolut de remplacer Mme d'Anglure et de faire sauter, à force de manèges, toutes ces hautes convenances dans lesquelles se drapait M. de Maulévrier. « Il est parfait de manières, » se disait-elle; mais elle voulait voir ces manières oubliées un jour dans l'égarement de la passion. Jamais elle ne sentirait mieux sa puissance que quand cet homme si mesuré, et d'une si froide élégance qu'elle ressemblait presque à du dédain, se permettrait toutes les audaces à ses pieds et n'y craindrait plus toutes les bassesses. Pour l'y amener, elle dépensait chaque soir un esprit de démon et des façons syrénéennes. C'était une bataille désespérée qu'elle livrait; elle ne s'illusionnait pas sur l'empire qu'une femme commence à perdre à trente ans avec un homme de l'âge et du monde de M. de Maulévrier. Elle était fausse avec lui, quoiqu'elle ne songeât qu'à le rendre heureux et à être heureuse comme lui par un amour vrai. Elle était fausse, parce qu'elle voulait lui inspirer une passion dont elle eût ressenti l'influence, et qu'il faut mentir aux passions pour les exciter. De tous les mensonges avec lesquels on attise l'amour, elle répétait sur tous les tons, d'une voix qui semblait

émue, celui avec lequel les femmes savent donner
le vertige aux plus inébranlables cerveaux : « Je
ne voudrais pour rien vous aimer. Ce serait là le
p'us grand malheur de ma vie ».

Cette manière d'être ne pouvait pas manquer
d'agir très vivement sur M. de Maulévrier. Il
n'avait jamais eu affaire à si forte partie ; il n'avait
jamais connu que des femmes plus ou moins
charmantes, mais plus ou moins vulgaires, malgré leur ramage d'oiseau bien appris et la distinction de leurs révérences. Mme d'Anglure, qui
avait pris possession officielle de sa personne depuis deux ans, avait une tendresse d'âme incomparable, mais cette tendresse naïve manquait
d'adresse ; mal irréparable, car il faudrait que les
anges du ciel eux-mêmes, s'ils couraient les salons
de Paris, eussent la rouerie de leurs plus divins
sentiments. M. de Maulévrier, qui, dans toutes ses
liaisons, n'avait jamais rencontré personne de la
volée de Mme de Gesvres, se sentait outrageuse-
ment asservi. Il rattachait ce masque de fat, qui
est souvent un masque de fer, quand entr'ouvert
par elle, dans leurs longs tête-à-tête, elle plon-
geait dessous le regard de la femme qui cherche
si elle est aimée. L'aimait-il ? Il le croyait, du
moins ; mais, homme du monde, frotté de civilisation parisienne, il croyait dans les intérêts de
son amour de le cacher sous des airs de superbe
désinvolture. La vanité faisait en lui tort à l'amour.

En elle, au contraire, la vanité aurait servi l'amour, si l'amour eût pu exister. Elle se montait la tête pour qu'il existât; mais cela suffisait-il?

IV

LE PORTRAIT

QUOIQU'ELLE ne donnât plus de fêtes officielles et que, dans le langage absolu des salons, la marquise ne vît plus *personne*, elle recevait pourtant tous les soirs. C'étaient quelques femmes restées du monde plus qu'elle, et qui venaient voir dans le Sainte-Hélène de son boudoir de satin jonquille, cette beauté napoléonne qu'elles avaient peur d'en voir sortir, et qui n'avait pas eu de Waterloo. C'étaient encore les hommes les plus élégants de Paris, héroïques chevaliers de la fidélité à la beauté des femmes, que l'éclat jeté par celle de Mme de Gesvres attirait toujours. — Dans ces réunions de hasard, les uns s'en allaient, après un bonsoir bien vite dit entre deux actes des Italiens, et les autres restaient à causer, s'ils pouvaient, car Mme de Gesvres coupait les vivres aux sots ;

on ne jouait pas chez elle, et il n'y avait point de
piano, deux grandes ressources de moins pour les
gens nuls. Comme elle riait un peu du talent
d'artiste qu'étaient à présent la plupart des
femmes, elle aimait à prendre au trébuchet d'un
salon sans piano toutes les Grisi aristocratiques
qui ont besoin d'un morceau des *Puritains* pour
dire quelque chose. — C'étaient ordinairement
les hommes qui restaient. Quoiqu'elle fût irré-
gulière, et que tantôt elle fût vive et tantôt triste,
séparant toujours ce que Mme de Staël unissait,
les hommes estimaient, sans bien s'en rendre
compte, cette droiture de sens, cette supériorité
vraie qui éclatait souvent à travers les mines de
l'enfant gâté, de la despote dépravée par les
flatteries, de la chatte câline qui faisait gros dos
avec des épaules d'une incomparable volupté. Ils
causaient là librement et de tout. Un détail, du
reste, qui peindra ces soirées, c'est qu'au lieu du
thé on prenait du punch. Quand on avait bien
causé, on s'en allait pour revenir le lendemain ;
cour assidue, mais sans favoris, et qu'après bien
les espérances trompées, bien des fatuités en
défaut, on avait pris le parti de faire à la marquise, sans ambition, sans arrière-pensée, sans
prétendre à rien qu'à la faveur de baiser une
main splendide de contour et de blancheur,
qu'elle tendait à tous avec une grâce royale, et
qu'elle appelait religieusement *sa patène.*
Un soir, le dernier des habitués du salon de

la marquise venait de partir ; les mots par lesquels
elle l'avait congédié s'étaient perdus dans un de
ces éclats de rire comme il en vibrait parfois sur
ses lèvres capricieuses ; elle restait seule avec
M. de Maulévrier. Elle était assise ou plutôt couchée sur sa causeuse. Lui était assis sur le divan
en face, de l'autre côté de la cheminée, à la place
où il l'avait regardée tout le soir se livrer aux
diverses impressions d'une femme mobile que la
conversation entraîne. Parfois, de la sultane
plongée dans les coussins de sa causeuse, étalant
richement l'ampleur d'une beauté à réveiller le
Turc le plus engourdi, il levait les yeux jusqu'à
un portrait placé au-dessus de la causeuse, un
portrait de Bérangère de Gesvres à une époque
déjà éloignée. Elle avait dix-huit ans dans ce
portrait, des bras rosés et puissants de santé et
de jeunesse, un voile rejeté bizarrement autour
de la tête, et un regard perdu et contrastant par
sa mélancolie avec l'étincellement de la vie dans
le reste de sa personne. Le fond du portrait
représentait un ciel orageux. Rien n'était idéal
comme tout cela. Maulévrier cherchait comment
cette tête de jeune fille, que les Italiens auraient
caractérisée par le mot charmant de *vaghezza*,
avait pu devenir cette autre tête, d'un sourire si
net, d'un regard si spirituel, d'un caractère si
positif, même quand elle cherchait le plus à
l'adoucir, habile comédienne, mais heureusement
impuissante.

— Vous regardez ce portrait ? — dit-elle, lisant dans sa pensée ; — vous ne trouvez donc pas qu'il ressemble ?

— Non, — répondit-il, regardant toujours.

— Eh bien ! cela a été frappant, — reprit-elle. — Mais alors je n'avais pas souffert ; j'étais jeune encore plus de cœur que d'années. Tous ceux qui m'ont connue à cette époque, MM. de Montluc, par exemple, vous diront que ce portrait était frappant.

— Pourquoi, — dit Maulévrier avec une curiosité intéressée, voilée sous un de ces airs à sentiment que les hommes d'esprit les plus moqueurs peuvent se permettre quand on n'est que deux dans une chambre ; — pourquoi ne m'avez-vous jamais confié que vous avez souffert ?

En effet, elle ne le lui avait pas dit depuis les quelques semaines qu'ils se connaissaient. C'était étonnant, mais l'occasion ne s'était pas présentée d'improviser une de ces sonates de musique allemande qu'elle ne manquait jamais d'exécuter sur les peines du cœur et les ravages de la jeunesse. J'ai averti que c'était là une de ses coquetteries sérieuses. Elle avait souffert, il est vrai, puisqu'elle avait aimé un homme indigne d'elle, mais elle avait souffert dans les conditions de sa nature, avec la froideur des sens, la mobilité de l'imagination et l'intelligence qui pousse au mépris. C'était beaucoup moins souffrir qu'elle ne l'affectait.

7

M. de Maulévrier se leva et vint s'asseoir à côté
d'elle, comme s'il eût voulu constater, en s'approchant, par quel endroit de la cuirasse avait
pénétré la blessure dont elle se plaignait. Il pensait que les cœurs qui ont aimé sont incorrigibles,
et il se sentait un grand espoir.

— Vous croyez donc — reprit-elle avec un
accent de reproche dont il fut complétement la
dupe — que j'ai toujours été ce que je suis ? Le
monde dit de moi que je suis une coquette, et
il y a du vrai dans ce jugement ; mais si je le suis
devenue, à qui la faute, si ce n'est à ceux qui
m'ont flétri le cœur ? Les hommes valent-ils
l'amour qu'on a pour eux ? Si vous m'aviez connue
dans ma jeunesse, avant que j'eusse aimé et
souffert, vous ne croiriez plus que ce portrait est
une fantaisie d'artiste, une exagération, un mensonge. Je vivais à Grenoble alors, et j'étais une
jeune fille rêveuse, passionnée, romanesque, mais
si timide, qu'on m'avait donné le nom de *la Sauvage du Dauphiné*.

Le mot de sauvage sur des lèvres si parfaitement apprivoisées, fit sourire M. de Maulévrier.

— Vous êtes comme les autres, — continua-t-elle
en remarquant son sourire, — vous ne me croyez
qu'à moitié. Je vous le pardonne, du reste, car le
changement a été si profond qu'il est bien permis
de ne pas comprendre que la physionomie de
mon portrait m'ait appartenu autrefois.

— Et croyez-vous donc avoir perdu à ce changement, madame ? — fit Maulévrier avec une galanterie pleine de vérité, car malgré les trente ans
terribles et la perte de cette vague et ravissante
physionomie qui est la curiosité de l'avenir dans
les jeunes filles, il la trouvait plus belle que dans
son portrait. M. de Maulévrier n'était, Dieu
merci, ni un poète, ni un peintre, et, d'ailleurs,
nous vivons à une époque où l'air idéal est la
visée commune, et où les plus intrépides val-
seuses jouent à la madone avec leurs cheveux en
bandeaux. M. de Maulévrier était un peu blasé sur
ce genre de figures mises à la mode par une certaine rénovation littéraire et de beaux-arts. Il
aimait mieux que toutes ces langueurs hypocrites
ou passionnées la physionomie de Mme de Gesvres, physionomie toujours nette et perçante
quand elle ne faisait pas la chatte-mitte, ce qui,
du reste, le cas échéant, n'était pas de l'idéalité
davantage.

— Si je le crois ! — répondit-elle. — Oui, très
certainement, je le crois. Quand je compare ce
que j'étais à ce que je suis, je me déplais maintenant.

— Mais, pour moi, c'est tout le contraire, —
reprit vivement M. de Maulévrier. — Vous me
plairiez bien moins si vous vous plaisiez davantage, si vous ressembliez davantage à votre portrait.

— Et qu'en savez-vous ? — interrompit-elle. —

Vous me dites là des galanteries indignes d'un
homme comme vous, monsieur de Maulévrier ; je
ne dois point vous plaire, puisque vous êtes amoureux.

— Mais ceci est terriblement absolu, — fit Maulévrier. — En fait de femmes, je n'ai jamais été
ultramontain, et je ne crois point à la suprématie
du pape.

— Raillez, monsieur, tant qu'il vous plaira, —
dit Mme de Gesvres ; — la suprématie de la femme
aimée doit être si grande qu'elle rende impossible
toute appréciation des autres femmes. Nulle ne
doit vous plaire. Avoir du goût pour une
femme est pour cette femme une insolence ;
mais pour celle que vous aimez, c'est une horrible
infidélité.

Et quand elle fut sur ce chapitre, elle ne le
quitta plus. Elle alla jusqu'au bout et fut sublime.
Elle développa une thèse d'amour transcendental.
Elle le fit prodigieux, africain, chimérique ; en
dehors de tout ce qu'on sait et de tout ce qu'on
fait à Paris ; maintenant hardiment que tout ce
qui n'était pas cet amour exclusif, absorbant,
immense, ne méritait pas le nom d'amour. Elle
insulta les pauvres jeunes gens qui se ruinent en
chevaux, en équipages, en mémoires de tailleurs,
pour se faire distinguer des anges qu'ils adorent ;
elle fut impitoyable envers ses cavaliers servants,
à elle, ces *patiti* exercés à plier ses châles, à lui
apporter les brochures nouvelles, des coupons de

loges, et qui, discrètement soupirants, se morfon-
daient dans la pratique de l'amour pur. Elle fut
magnifique de dédain ; elle eut le génie de
l'absurdité. Bref, en langage de journaliste, elle
improvisa le plus beau *puff* que l'on eût vu depuis
longtemps.

— Si c'est un défi qu'elle me donne — pensa
Maulévrier — je ne ramasserai pas le gant. C'est
du roman que tout ce qu'elle chante là, du roman
moderne, comme la bonne compagnie n'en fait pas.

— Si j'éprouvais — dit-il tout haut — un amour
semblable à celui que vous venez de peindre,
avouez, madame, que vous vous moqueriez un
peu de moi.

Et c'était vrai. Mme de Gesvres ne pouvait pas
en convenir ; elle n'en convenait jamais ; mais
c'était vrai pourtant. Le bon sens qui se trouvait
nativement en elle, et qui se trouvait fort à son
insu le côté supérieur de son genre d'esprit ;
l'instinct du ridicule, prodigieusement développé
chez toutes les femmes du monde comme elle ;
tout l'eût fait cruellement accueillir un amour
comme celui dont elle avait bâti la théorie. S'il
y avait des Desdemona au dix-neuvième siècle,
n'auraient-elles pas la moquerie parisienne pour
se défendre d'Othello ? Mon Dieu, la marquise
de Gesvres le savait de reste ! On disait qu'elle
avait un jour voulu connaître ce que devait être
la passion d'un artiste, d'un de ces hommes
dont l'âme est profonde, et qui ont un rayon de

feu sur le front et la barbe en pointe. Si les mauvaises langues disaient vrai, sans doute elle ava
mis toutes ses avances sur le compte de cett
grande chose toute moderne, inventée pour sau
ver de l'hypocrite honte de bien des chutes, l
magnétisme du regard. Avait-elle joué pendar
quelques mois — tout en se livrant — à la Lélia
avec cet homme mi-partie de duperie et de char
latanisme, mais dans lequel, comme dans tous le
autres artistes ses confrères, la duperie ne man
quait pas de dominer ? M. de Maulévrier ne pou
vait pas continuer un pareil rôle près de Mme d
Gesvres. L'eût-il pu, il n'aurait pas, aux yeux d
cette femme qui avait trempé ses lèvres à toute
les coupes, et qui les en avait retirées purifiée
par un dégoût sublime, échappé au ridicule qu
l'attendait.

V

L'AVEU

QUOIQUE M. de Maulévrier n'acceptât pas le programme de Mme de Gesvres sur la manière dont elle prétendait être aimée, il sentait pourtant, à de certains frémissements qui passaient en lui près de cette femme, et au poids de préoccupations qui le suivaient quand il n'y était plus, qu'il aurait pu remplir quelques conditions de ce terrible programme, l'utopie des imaginations du siècle. Rien ne ressemblant plus à l'amour dans les hommes que les désirs que l'on fait attendre, M. de Maulévrier croyait à la grandeur de son amour par la grandeur de ses impatiences. Seulement, ce soi-disant amour n'avait ni rêveries, ni larmes, ni désespoir, ni tous les mouvements des âmes jeunes et tendres. C'était un amour d'homme de vingt-six ans, d'homme d'esprit, d'homme du monde qui a beaucoup vu,

beaucoup senti, et qui s'est aussi beaucoup moqué.
C'était un amour qui ne jetait pas la vie hors
du droit commun, et qui n'en était pas moins
très réel, très impérieux, et pouvait devenir très
amer.

Or un pareil amour se prenant à une femme
comme la marquise de Gesvres, âme sauvée par
la froideur des sens et la mobilité de l'esprit de
l'éclat funeste des passions, un pareil amour
avait bien des difficultés à vaincre. Sur ce point,
malgré sa fatuité, M. de Maulévrier ne s'illusionnait pas. Tous les jours il faisait des découvertes
dans le caractère de la marquise, et ces découvertes l'accablaient. Ce qui le soutenait, c'est
qu'elle était ennuyée, et que l'ennui est peut-
être chez les femmes le besoin d'avoir de l'amour.
Mais cette femme ennuyée, qui n'avait pas
comme lui de ces ardents désirs qu'il ne faut pas
calomnier, avait comme lui l'esprit qui juge et
qui trouve je ne sais quelle affectation secrète
dans l'expression de tous les sentiments un peu
vifs. Il était donc presque impossible d'agir sur
cette tête trop saine pour ne pas être rebelle à
l'enthousiasme, et certainement il aurait désespéré d'un tel résultat, si ce qui se brise le dernier
chez un homme, la vanité, ne l'avait pas induit à
persévérer.

Ce qu'il savait de la marquise fut la cause du
silence qu'il continua longtemps encore de garder
sur les sentiments qu'il avait pour elle. Il s'ima-

ginait qu'avec une femme qui, à toutes les
époques de sa vie, avait vu la terre à ses genoux,
rester debout serait d'un effet favorable et paraî-
trait du moins distingué. Sachant combien la con-
tradiction exaspère les natures féminines, il alla
quelquefois jusqu'à nier à la fierté persane de
cette Bérangère, dont la beauté ne rencontrait pas
plus d'indifférents que de rivales, qu'il pût jamais
l'aimer d'amour. Elle, à qui l'on n'avait jamais dit
de telles impertinences, n'y croyait pas et lui soutenait, au contraire, qu'il était déjà amoureux
d'elle aux trois quarts. Alors il s'engageait entre
eux de ces débats, gracieux et légers dans la
forme, qui plaisaient à l'un et à l'autre parce
qu'ils appartenaient l'un et l'autre à une société
où la grâce consiste à jouer avec ce qu'il y a
de plus sérieux dans les sentiments et dans la
pensée.

Mais ce manège, sur le succès duquel M. de
Maulévrier avait trop compté, et qui aurait
réussi avec la plupart des femmes que le monde
traite en souveraines, échoua contre Mme de Gesvres. Échoua-t-il contre son indolence ou contre
sa sagacité? Vit-elle clair sous ces déclarations
mensongères et peu aimables que lui jetait incessamment Maulévrier? On ne sait, mais toujours
est-il qu'elle le laissa fort tranquillement se fatiguer des petites faussetés qu'il avait d'abord
cru habiles. D'honneur, elle aurait mérité de
porter dans ses armes la devise des Ravenswood.

8

Elle *attendit* le moment de la revanche avec une patience orgueilleuse, et il ne manqua pas d'arriver. Ce pauvre Maulévrier se sentait pris par la famine, faute de demander ce que peut-être on ne lui refuserait pas. Aussi, après avoir caracolé, pour l'honneur des armes, sur les limites d'une galanterie que sa vanité d'homme gâté par l'amour aveugle d'une maîtresse esclave ne devait pas franchir d'un bond, il s'attacha enfin au courageux parti de sortir d'un sigisbéisme chevaleresque qui, avec cette damnée marquise, aurait pu durer sans profit jusqu'à la consommation des siècles. Il saisit l'occasion qu'elle lui offrait tous les soirs dans leurs longs tête-à-tête sur la même causeuse, pour lui dire très positivement ce qu'elle n'aurait peut-être pas voulu comprendre s'il s'en fût tenu à la lettre morte des cajoleries innocentes. Comme, depuis quelques jours, Bérangère, très contente au fond du trouble qu'elle causait à un homme de l'aplomb de M. de Maulévrier, redoublait de beauté par l'intérêt qu'avaient pour elle, si ennuyée d'ordinaire, des relations qui pourraient plus tard passionner sa vie, Maulévrier n'eut pas de peine à oublier ses idées un peu sultanesques sur les femmes, et à parler avec beaucoup de facilité et d'entraînement un langage bien plus suppliant qu'orgueilleux. Le désir contenu depuis longtemps et stimulé ce soir-là par tout ce que la supériorité en coquetterie de Mme de Gesvres put inventer de plus décevant et de plus traître, le désir enflamma et acéra sa parole. Il fut pressant et éloquent. Avec la joie qu'inspirait à Mme de Gesvres cette volte-face de langage, une autre qu'elle eût trahi ce qu'elle éprouvait. Mais elle, chez qui les sens demeuraient toujours harmonieusement et imperturbablement tranquilles, écouta avec une grâce très peu émue la rhétorique de Maulévrier, comme si c'eût été un conte arabe.

Pendant qu'il parlait, elle plissait sur son genou son mouchoir brodé. Quand il eut fini sa tirade, elle en secoua tous les plis avec un geste de l'impertinence la plus dégagée, et se retournant de trois quarts vers M. de Maulévrier, dont les lèvres touchaient presque cette belle épaule, brisée autrefois par la colère d'un homme :

— Ah ! vous m'aimez ? — fit-elle. — Mais ma pauvre amie, Mme d'Anglure, que deviendrait-elle, si elle savait cela ?

Voilà comme elle le paya de ses frais d'éloquence. Ce simple mot fit reculer de six pouces au moins les lèvres qui allaient se poser sur la belle épaule qu'on ne leur tendait pas. Le nom de Mme d'Anglure, de cette femme aimée si longtemps et qui, depuis quelques jours, n'avait pas plus préoccupé M. de Maulévrier que si elle n'eût jamais existé, lui causa un douloureux étonnement. Pour être un homme et un homme amoureux, on n'est pas un monstre, et le premier mouvement de Maulévrier fut fort bon. Le second

fut aussi ce qu'il dut être. N'était-ce pas de surmonter une impression de nature à affaiblir l'effet
de l'aveu qu'il venait de risquer ? Il n'y avait
point à reculer. Il est des moments dans la vie où,
pour baiser le bas d'une jupe, on passerait sur le
corps des femmes qu'on adorait hier avec le plus
d'idolâtrie. Maulévrier marcha donc hardiment
dans le sens de la pente qui l'entraînait. Il jura à
Mᵐᵉ de Gesvres qu'il n'aimait plus Mᵐᵉ d'Anglure,
et c'était vrai. Mais ce qu'il jura bientôt aussi,
sans se soucier de l'inconséquence de ce second
serment après le premier, c'est qu'il ne l'avait
jamais aimée, c'est que les circonstances avaient
fait seules une liaison qu'il eût rompue cent fois
sans l'affection dévouée de Mᵐᵉ d'Anglure, et que,
malgré cette affection dont il avait été reconnais-
sant, Mᵐᵉ d'Anglure l'avait toujours épouvanta-
blement ennuyé. Ceci était faux et effroyable.
Mais, hélas ! c'était un homme d'esprit qui parlait
à une femme spirituelle d'une liaison de trois ans
avec une femme jugée médiocre ; mais c'était un
homme amoureux qui parlait à la femme qu'il
aimait ; et quoi de plus dépravant que la femme
qu'on aime ? Du reste, en insultant si menteuse-
ment son passé, M. de Maulévrier ne fut pas le
seul coupable. Mᵐᵉ de Gesvres le poussa à cela
avec une adresse et une volupté infinies. Elle prit
les airs d'une inconsolable pitié en parlant de
cette pauvre petite Mᵐᵉ d'Anglure, qui était
bien la meilleure des créatures humaines, mais

qui ne devait pas être fort amusante dans
l'intimité. Elle entraîna Maulévrier à lui fournir
des détails qui pussent justifier cette opinion.
Séduit par les câlineries soudaines de la voix
qui le questionnait, Maulévrier n'eut pas honte
de soulever les voiles qui devraient toujours
rester baissés quand on n'aime plus, par respect
pour ce qu'on aima. Il se rapprocha de la belle
épaule que, dans l'électricité de ces confidences,
il sentit frémir plus d'une fois contre la sienne.
Ce fut de la part de cet homme, enivré du
contact de celle à qui il sacrifiait jusqu'à la
mémoire d'un amour éteint, une complète
apostasie. Elle savourait, en souriant suavement,
tous les reniements qu'elle lui dictait. Elle lui
désignait tous ses souvenirs un à un pour qu'il
marchât et crachât dessus, et pour qu'il s'en
vantât après comme ce matelot dans *Candide*,
qui se vante fièrement d'avoir marché trois fois
sur le crucifix au Japon. Elle éprouvait la plus
délicieuse sensation que pût éprouver une femme,
et surtout une femme comme elle. Elle se
moquait gaiement, finement, mais implacable-
ment, avec un langage hypocrite et léger qui ne
lui donnait aucun tort extérieur vis-à-vis de cette
chère amie, qu'on allait délaisser pour elle. En
vérité, ce lui fut une charmante soirée ; aussi se
laissa-t-elle plus d'une fois baiser l'épaule avec
tout l'abandon de l'amour.

VI

LES DERNIÈRES COQUETTERIES

A dater de ce moment, si ce fut une méprise, elle fut complète. M. de Maulévrier crut être aimé de Mme de Gesvres, et dès lors il se mit à agir avec l'assurance qu'une telle persuasion doit donner. Seulement, à tout ce qu'il inventait de passionné, à tout ce qu'il lui adressait de tendre, la railleuse marquise répondait en agitant ses belles boucles brunes sur ses joues pâles avec l'air de l'incrédulité la plus positive, et en lui rappelant le langage qu'il avait parlé pendant si longtemps. Elle aussi, comme on voit, avait changé le sien. Elle faisait expier ainsi à M. de Maulévrier tous les petits mensonges qu'il s'était permis; mais il faut bien le dire, la pénitence n'allait pas plus loin que cet air d'incrédulité. Maulévrier pouvait très

ien penser que c'était là une de ces délicates
omédies prolongées dans les intérêts du dénoû-
nent, comme en jouent souvent les femmes ex-
ertes en bonheur; car, excepté cette sourde
reille de haute chasteté, cette retenue de robe
nontante seulement dans le langage, tout ce
ju'osait M. de Maulévrier dans les détails du tête-
-tête ne rencontrait pas une résistance, et Dieu
ait si la contemplation était dans les allures de
on génie ! Bérangère de Gesvres était beaucoup
rop marquise pour avoir, au moindre transport
le l'homme dont elle avait, en résumé, accepté
hommage, puisqu'elle le recevait tous les soirs,
le ces soulèvements de pudeur effarouchée qu'ont
es femmes de mauvais ton qui se croient ver-
ueuses, de ces désordres qu'à leur rougeur on
rendrait presque pour des désirs. Elle n'avait
oint la prétention d'être un ange, et cependant
lle eût mieux justifié, à certains égards, une telle
rétention que beaucoup de femmes, à la tour-
ure en fuseau, posées éternellement en vignettes
le poésies modernes : vaporeuses créatures qui
oivent quatorze verres de vin de Sauterne après
ouper, et se vermillonnent quand les doigts d'un
omme ont pressé leur main à travers un gant.
lle n'était point de cette race d'êtres éthérés et
'une moralité si supérieure, mais c'était une
emme que l'horreur de tout ce qui n'était pas
racieux préservait. Elle ne voulait donc pas faire
ort aux enivrantes séductions de sa pose en se

défendant contre les témérités de la caresse.
L'aristocratie de sa nature avait l'épouvante et le
dégoût d'une lutte quelconque. Aussi son amant
buvait-il à longs traits dans la coupe d'opale de
ses épaules la cruelle ivresse des bonheurs non
partagés — un grand délire qui finit par une
grande angoisse; — tandis que sous l'impression
de tous les égarements qu'elle faisait naître, là
où les autres femmes se livrent ou se refusent
d'ordinaire, elle restait toujours élégante, toujours
convenable, toujours marquise. C'était réellement
un abîme de glace, mais un abîme qui donnait le
vertige. Après cela, comment n'eût-elle pas par-
donné à ceux que le vertige entraînait?

D'ailleurs, convenons-en sans hypocrisie à
l'honneur de la pureté des femmes très belles,
souvent on les croit sous l'empire des émotions
les plus troublantes, qu'elles n'éprouvent que la
très immatérielle jouissance de la vue des transports qu'elles excitent. Mme de Gesvres l'éprouvait peut-être; peut-être aussi, elle qui avait sur
l'amour de ces idées qui avaient effrayé Maulévrier dès l'abord, voulait-elle grandir l'amour de
cet homme jusqu'à l'ineffable et incroyable idéal
devant lequel il s'était cabré, un certain soir? Si
bien éprise que soit une femme, il n'en est point
qui ne cherche à augmenter par tous les moyens
possibles la passion qu'elle a inspirée. C'est le
machiavélisme des cœurs les plus tendres. C'est
aussi la seule explication qu'il y ait de ces résis-

tances de lionne, sous prétexte de vertu, dans des organisations si bien combinées pour la défaite; résistance dont la pensée ne viendrait jamais aux filles d'Ève, si elles n'avaient appris de mesdames leurs mères « que se donner, c'est diminuer l'amour. »

Cette vieille tradition, si bien justifiée par l'expérience, cette inébranlable notion du cathéchisme des petites filles, semblait être la limite que Mme de Gesvres opposait à M. de Maulévrier. L'orgueil de cette femme était donc ici en défaut; cet orgueil titanique de la beauté la plus célèbre de son temps, et qui lui faisait souvent dire, avec le plus somptueux de ses regards, que les femmes qui valaient quelque chose devaient attacher par leurs faveurs mêmes, n'osait pas risquer les hasards de la plus grande de toutes, en l'accordant. Certes, ni son passé ni sa réputation ne l'accusaient d'être cruelle, et il était, d'un autre côté, après tout ce qu'elle avait autorisé en ne le défendant pas, impossible à M. de Maulévrier de penser tout bas ce que disait tout haut le roi Henri III d'une des princesses de la maison de Lorraine, qui lui avait assez impertinemment résisté. Le mot de l'énigme était donc dans la tête ou dans le cœur de cette femme, mais pas ailleurs! C'est en vain que M. de Maulévrier se rappelait tout ce qu'il avait lu sur les femmes et observé lui-même sur le vif. Comme, en somme, les observations d'un dandy ne sont pas fort

9

nombreuses, et ses lectures encore moins, il ne
trouvait rien dans le rare trésor de ses connais-
sances qui pût lui expliquer l'étrange conduite de
la marquise. Alors, malgré sa haine du commun,
il était obligé de se rejeter aux idées vulgaires de
coquetterie, le refuge des hommes quand ils ne
comprennent plus rien au manège des femmes.
Et encore, se disait-il, — car il s'était mis à rai-
sonner depuis peu, — de la coquetterie qui n'agit
plus vis-à-vis *des autres*, de la coquetterie en tête-
à-tête, c'est de l'amour, et si c'est de l'amour, —
ajoutait-il, enchanté de sa découverte, — pourquoi
pas toutes les conséquences de l'amour? A tout
prendre, c'était là un raisonnement assez juste;
seulement, il était aussi stupide pour le cas présent que le fameux *to be or not to be* de l'écolâtre
de Shakespeare, car la logique ne pouvait pas
plus expliquer Mme de Gesvres qu'elle n'expliquait,
dans la bouche de ce damoiseau d'Hamlet, et ce
monde-ci et l'autre monde, — s'il en faut absolu-
ment deux. Je l'ai dit plus haut, Mme de Gesvres,
quoique femme, avait un bon sens rare chez les
hommes, et que sa vie de coquette n'avait pu
fausser. Mais quand il s'agissait de sentiments
ou de sensations, le bon sens se voilait tout à
coup, la queue du serpent menait la tête, et cette
femme, d'un coup d'œil si étendu et d'un discer-
nement si sûr, devenait l'inconséquence en personne. Ce n'était plus alors qu'une de ces créatures de vif-argent qui nichent des essaims de

caprices dans les plis de leurs jupes ; elle les se-
couait, les caprices pleuvaient. Elle accordait ceci
ou refusait cela. Pourquoi ? Qui le savait ! Les
femmes qui lui ressemblent le savent-elles ? Dieu
lui-même, au jour de sa justice, n'aura pas le
courage de leur demander compte du bien ou du
mal qu'elles auront fait.

Du reste, quand elle accordait le plus, jamais
un aveu, jamais un mot d'abandon ou de tendresse ne tombait de ces lèvres charmantes qui
n'étaient pas inaccessibles.

Elle avait pour système de ne point faire de
réponse aux questions dont l'amour a soif.

Elle conservait et savait varier à l'infini les gen-
tillesses de sa moquerie du premier jour, quand
Maulévrier lui apprit qu'il l'aimait presque d'une
aussi folle manière qu'elle avait envie d'être
aimée. Hélas ! il se payait comme il pouvait de
ses abaissements, en enlaçant ses bras avides
autour de ces genoux qui restaient strictement
unis, autour de ces flancs immobiles, comme
autour de l'autel d'airain de quelque divinité
inexorable.

Elle, tranquillement assise, le regardait, pâle et
frémissant à ses pieds, avec ce regard attentif
(son regard vrai et son plus beau) qu'elle avait
toujours quand elle éprouvait l'intérêt de quelque
chose, et elle restait longtemps ainsi, souriante
comme la Grâce, silencieuse comme l'Ironie, mais
peut-être aussi comme le Bonheur.

Elle avait cette beauté qui passionne (et étonne un peu dans les femmes) d'un secret admirablement gardé, tout cela accompagné de ces familiarités adorables dont les femmes bien nées ont seules la mesure, et qui retiendraient un homme à leurs pieds, en dépit des plus implacables rigueurs.

Les hommes les plus positifs eux-mêmes se laissent prendre à ces riens charmants, dont on enveloppe mielleusement toutes les froideurs et tous les refus. M. de Maulévrier en était éternellement victime. Elle lui aurait fait trouver bons les régals les plus amers. Elle lui eût fait aimer les soufflets.

Cet homme appelé fat par les femmes, ce fier Sicambre de salon ployait la tête, mais ce n'était pas, comme le barbare, sous une colombe descendant du ciel : Mme de Gesvres ne méritait point une si douce image. Elle allait parfois jusqu'à l'atrocité avec son amant.

C'étaient des négations si positives, si peu justifiées; c'étaient des refus si nets, qu'il fallait être ensorcelé de cette femme pour retourner briser ses questions aux mêmes réponses. Sûre de la grâce qu'elle déployait dans la forme quand elle disait une maussaderie dans le fond, elle avait une manière inattendue, originale, de vous donner son coup de poignard, et on lui pardonnait l'assassinat. Je n'en citerai qu'un exemple :

C'était, dans le cours de cette histoire, un des

derniers soirs où elle employa avec M. de Maulévrier les fascinations de cette coquetterie fabuleuse qui allait expirer pour faire place à ce que
le monde lui avait laissé de noble et de bon; ils
étaient à leur place habituelle, sur cette causeuse
où ils ne causaient plus, sur cette causeuse, hélas!
complice de bien des rapprochements dangereux.

M. de Maulévrier avait glissé son bras autour
de ce divin corsage, qui contrastait par sa puissance avec les élégances un peu étiolées de notre
âge, avec ces tailles d'épi tremblant ou de guêpe,
d'une insaisissable volupté. Il rabâchait, Maulévrier; mais l'amour est un rabâchage, et, d'ailleurs, elle le forçait bien aux redites; il était
ardent et suppliant comme peut-être il ne l'avait
jamais été.

Au lieu de l'écouter, au lieu d'être émue,
comme une enfant ou comme une chatte elle
s'empara, par un mouvement plein d'insouciance
et de taquinerie, d'un petit portefeuille d'ivoire
sculpté que Maulévrier portait toujours et dont
elle avait senti, à travers le vêtement, les pointes
d'acier aiguës et blessantes. C'était un ravissant
bijou que ce portefeuille. Il avait été donné à
M. de Maulévrier par Mme d'Anglure, mélancolique souvenir de l'amour absent et fidèle! Elle
l'ouvrit, et après en avoir tourné curieusement
les feuilles blanches encore et parfumées, elle
(qui écrivait d'ordinaire des billets du matin à
peine lisibles) traça dans sa main et les coudes

en l'air, avec une netteté et une fermeté admi-
rables, de la pointe du léger crayon que les sup-
pliantes caresses de M. de Maulévrier ne firent
point trembler, le mot *jamais*, qu'elle lui montra
avec une malice triomphante.

A la réponse, n'est-il pas facile de deviner ce
que cet enragé de Maulévrier demandait?

Ce grand mot de jamais, elle l'avait déjà dit,
et il n'y avait pas cru, amoureux et fat tout ensemble! Elle l'avait dit et, mon Dieu! toutes le
disent et le répètent jusqu'à ce qu'elles... ne le
disent plus.

Seulement, nulle d'elles peut-être, comme la
marquise, n'eût songé à l'écrire, ce mot, dans un
pareil moment d'un tête-à-tête, et cela d'une
main aussi libre et aussi sûre que si elle avait
écrit le temps qu'il faisait à Paris, à son mari
toujours à la suite de l'ambassadeur de Russie.

VII

L'INTIMITÉ

EPENDANT les choses ne pouvaient pas durer ainsi plus longtemps. L'amour, si grand qu'il soit, ne change pas les habitudes de toute la vie, du ...ins à Paris.

...M. de Maulévrier était un homme du monde, ...l'homme du monde se révoltait un peu quand ...moureux se courbait si bien. Ces révoltes ...aient lieu surtout quand M. de Maulévrier ...loignait de Mme de Gesvres.

...Quoiqu'il fût terriblement cousu à sa jupe, ...oiqu'il l'accompagnât si fréquemment dans ses ...omenades du matin, que l'on commençait à ...rler, parmi les oisifs du bois de Boulogne, de ...lune de miel de cette liaison, il y avait pour-...t des moments où il fallait quitter cette

grande charmeresse qui le lanternait avec ces ré
serves qu'elle avait l'art et la puissance de l[
faire subir.

Dans ces moments-là, comme il se retrouvai[
plus de calme et qu'il pouvait mieux se juger, [
convenait, avec une extrême bonne foi, que s[
position vis-à-vis de la marquise ne lui faisait pa[
un honneur immense, et alors il se mettait à l[
écrire des lettres pleines d'une passion vraie, [
dans lesquelles il revenait toujours à ce vieux re[
frain de l'amour, à cette éternelle question, c[
m'aimez-vous? importun parfois, que le scepti[
cisme des cœurs ardents pose encore, mêm[
quand on y a répondu.

Ces lettres étaient réellement très catégoriques [
elles poussaient la marquise jusque dans ses der[
niers retranchements. Il n'y avait plus là de mai[
ou de taille laissée sournoisement pour gage d[
silence qu'on affectait ou en expiation du rire in[
crédule dont on arme sa physionomie, traître rir[
si blessant pour les cœurs bien épris!

Tous ces moyens du *Traité du Prince* des fem[
mes n'étaient plus de mise contre des lettres aux[
quelles il n'était vraiment pas possible de ré[
pondre autrement que par un aveu. C'est pou[
cela que Mme de Gesvres n'y répondait pas.

M. de Maulévrier avait d'abord pensé que cett[
répugnance à écrire, dont elle ne donnait pas plu[
de motifs que de tout le reste, était de la haut[
prévoyance en usage chez beaucoup de femm[

— car ces douces et pures colombes ont parfois toute la prudence des serpents qui ont le plus rampé; — mais il n'avait pu conserver longtemps cette idée, quand il avait entendu si souvent Mme de Gesvres, dans ses jours de gaieté étincelante, tenir aux hommes de son salon le langage de la corruption la plus élégante et la plus audacieuse; quand il l'avait vue l'accepter, lui, Maulévrier, comme son amant officiel aux yeux du monde, quoique, selon son expérience, ce ne fût pas la peine de se compromettre pour si peu.

Mais, encore une fois, la terre est ronde, et les femmes, comme la Fortune antique, ont, si divines qu'elles soient, un pied sur cette boule qui tourne toujours! Les choses ne pouvaient donc rester ainsi.

Mme de Gesvres, qui avait désiré, dès l'origine, inspirer à un homme qui lui plaisait plus que tous ceux qu'elle avait l'habitude de voir, un sentiment vrai et digne d'elle, Mme de Gesvres était arrivée avec triomphe au but qu'elle s'était proposé. Pour l'éprouver peut-être, cet esprit altier qui avait tant discuté sa défaite, elle l'avait fait descendre dans les neuf cercles d'une coquetterie infernale, mais il était bien temps qu'elle lui montrât, du moins en perspective, une échappée de ce paradis qu'après tout un ange n'avait jamais gardé avec une épée flamboyante. D'un autre côté, comme il y a toujours un peu de lâcheté dans les meilleurs sentiments d'une femme, peut-être Mᵐᵉ de Gesvres avait-elle compris que jouer plus longtemps au sphinx avec Maulévrier était risquer imprudemment ce qu'elle appelait, avec une hypocrisie mélancolique, sa *dernière conquête.* Ainsi, vanité, compassion secrète, amour, ou du moins le désir de l'amour que M. de Maulévrier lui avait fait retrouver dans l'abîme d'ennui où elle se traînait, tout, jusqu'à la pluie qui se mit à tomber — et qui ne sait l'influence de la pluie et du beau temps sur les résolutions et la moralité des femmes? — tout lui fut une loi d'abandonner une coquetterie qui avait servi, sans nul doute, à cacher des sentiments plus profonds.

Un jour donc que, dans l'impossibilité de sortir, elle n'avait pour toute ressource contre l'ennui, le vrai vampire des femmes du monde, que ses réflexions qui ne savaient pas l'en défendre, et une broderie qui n'avançait pas beaucoup dans ses mains hautaines, elle se mit à tirer les lettres de M. de Maulévrier du mystérieux coffret où elle les avait ensevelies, et où étaient venues s'engloutir dans du satin rose, et sans espérance, tant de lettres d'amour depuis dix années ; sépulcre parfumé dont le temps, hélas ! allait bientôt sceller la pierre.

Ces lettres qu'elle relut l'amenèrent tout doucement à la confiance, car voici, quand elle les eut lues, ce qu'elle écrivit :

« Non, je n'ai pas d'amour pour vous, mon ami, « et pourtant j'ai besoin et désir de vous voir. Je

« suis froide; c'est la vérité, et pourtant vous me
« faites éprouver une émotion inconnue lorsque vous
« brûlez ma froideur sous vos transports. Je n'ai
« jamais été ainsi, même avec la personne que j'ai
« le plus aimée... Il n'y a rien de véritablement in-
« time entre nous, dites-vous : et pourtant j'ai eu
« tout de suite confiance en votre caractère, si ce
« n'est dans votre affection que vous m'avez niée si
« longtemps. Rappelez-vous tout ce que vous m'avez
« dit; jugez si je puis avoir la foi qu'il faudrait
« pour me faire devenir ce que... je ne suis pas
« encore. Si vous tenez à ce changement aussi vé-
« ritablement que vous le dites, ne vous repentez
« pas de m'avoir ouvert votre cœur. La crainte de
« vous voir trop souffrir pourrait seule l'emporter
« sur ma rebelle nature. Si vous saviez comme je
« vous serais reconnaissante de bannir de mon âme
« la défiance qui fait ma réserve! Trompée, toujours
« trompée, dupe sans cesse, jugeant toujours les au-
« tres d'après ce que j'éprouvais! Et ne m'accusez
« pas de mensonge; quand j'ai le plus aimé, j'ai
« toujours gardé au fond de mon cœur les expres-
« sions qui eussent pu faire croire à une exagération
« que je redoutais plus que tout au monde. Adieu,
« voilà de la confiance. J'espère que vous ne vous
« plaindrez pas ce soir comme hier de ma réserve.
« Venez, venez, je vous attends.

« BÉRANGÈRE. »

En somme, ce billet était digne de la main qui
l'avait tracé. Soit instinct, soit calcul, Mme de
Gesvres avait exactement mesuré la dose d'espoir

qu'il fallait à M. de Maulévrier pour que, fatigué
d'une résistance sans terme, il ne s'en allât pas
visiter Florence ou Naples, seule manière de se
suicider que les gens de bas étage n'aient pas prise
encore aux gens comme il faut! De tels billets,
envoyés aux époques critiques d'un amour qu'on
redoute de voir expirer, sont de l'élixir de longue
vie; c'est du lait d'ânesse pour la phthisie du
cœur. Sans doute, ce billet avait toute la séduc-
tion du mensonge; mais il était vrai cependant
comme s'il n'eût pas dû séduire, vrai comme
peut l'être la pensée d'une femme, dont les véri-
tés les plus claires ne peuvent jamais avoir, comme
l'on sait, une limpidité parfaite.

Ainsi, que ce fût de l'amour ou non, et qu'importe le mot si l'on a la chose! Mme de Gesvres
avouait dans sa lettre qu'un lien l'attachait à
M. de Maulévrier, et que jamais la personne
qu'elle avait le plus aimée ne lui avait fait éprouver l'émotion qu'il produisait en elle, lui qu'elle
n'aimait pas!

Certes, un tel aveu était de nature à faire rayon-
ner dans toutes les splendeurs de l'orgueil cette
queue de paon que traîne après soi l'amour de
l'homme du monde le plus dévoué, l'amour le
plus cygne de candeur et de pureté, au bord des
lacs les plus solitaires. Jamais M. de Maulévrier
ne s'était aperçu de cette émotion, que la froideur
naturelle à la marquise dominait très bien, aveu-
glé qu'il était lui-même par la sienne; mais rien

'était plus vrai pourtant. Ce qui devait l'être
 noins, c'était cette défiance dont elle le priait
 vec une tristesse, pour la première fois si tendre,
 e l'affranchir, et qu'avec l'inébranlable conscience
 'une beauté pareille à la sienne, l'expérience du
 œur et la sagacité d'une femme, elle ne pouvait
 ias conserver.

Mais M. de Maulévrier, à qui elle parlait de
 éfiance et à qui elle avait fait connaître ce senti-
 nent jaloux et cruel en glissant toujours dans ses
 nains au moment où il croyait la saisir, M. de
 Jaulévrier n'eut pas d'abord, après cette lettre,
 a joie qu'il aurait dû naturellement éprouver.

Comme, à force de prestiges, elle lui avait
 aussé le regard, il vit là une coquetterie de plus
 qu'il ajouta à toutes les autres Erreur profonde
 qu'il abjura bientôt quand il la vit garder avec
 ui une simplicité affectueuse qu'il ne lui connais-
 ait pas encore. Ce fut une transformation pleine
 le merveilles que le changement qui s'opéra tout
 . coup dans M\ᵐᵉ de Gesvres.

Le duel qui avait duré si longtemps entre elle
 t l'homme qu'elle avait toujours battu, il est
 rai, mais qu'elle avait toujours trouvé prêt à re-
 ommencer la bataille, ce grand duel que les lois
 lu monde font de l'amour, cessa enfin. Où ils
 ivaient lutté, ils se reposèrent.

Elle ne se livra pas davantage, mais Maulévrier,
 a voyant si désarmée, put croire qu'elle était
 olus à lui. Nulle idée de salon, nul sentiment de

vanité ne vinrent jeter leur ombre sur cette phase
d'une liaison, qu'à l'origine de pareilles idées, de
pareils sentiments avaient malheureusement com-
pliquée ; ils vécurent à côté de leurs habitudes.

Leur intimité n'eut ni petites ruses, ni déchire-
ments. Ce fut de l'intimité rare, grave, profonde,
où les esprits s'intéressaient l'un par l'autre, où
les cœurs cherchaient ardemment à se toucher ;
de l'intimité qui devrait suffire à la vie d'êtres distingués et intelligents, si la vie n'avait de ces soifs
folles qu'une telle intimité n'étanche pas.

« Qu'elle croie en moi et à mon amour, elle qui
voudrait si bien y croire, — se disait M. de Maulévrier, — et je touche au bonheur suprême. » Et
plein d'espérance depuis la lettre qui avait daté le
changement de langage et de façons dans Mme de
Gesvres, il cherchait par tous les moyens qui sont
à la disposition d'un homme spirituel amoureux,
à la convaincre de son amour. Malheureusement,
au dix-neuvième siècle, ces moyens ne sont pas
en grand nombre. Les dévouements y deviennent
de plus en plus impossibles.

Dans leur position à l'un et à l'autre, avec la
facilité qu'ils avaient de se voir et le peu de dangers qu'ils couraient à s'aimer, il ne leur restait
pour se prouver qu'ils s'aimaient que les expres-
sions de l'amour même, et ces soins incessants,
ce culte extérieur dont on entoure l'objet préféré.

Maulévrier prodiguait tout cela, mais à moins
qu'il ne se jetât vivant sous les roues du coupé

la marquise, pour lui donner la preuve qu'il
i fallait de son amour, franchement, il ne pou-
iit pas davantage.

Et Mme de Gesvres finit par le comprendre, ou,
moins, par montrer à M. de Maulévrier qu'elle
comprenait. Fut-ce le bonheur d'être aimée,
le désir de rendre leur intimité plus profonde
comblant les vœux d'un homme qui méritait
en tout ce qu'une femme comme elle avait
onné à d'autres qui ne le valaient pas, fut-ce
ut cela qui la poussa à être juste envers M. de
aulévrier, et à répondre à ses protestations brû-
ntes, comme elle le fit un soir, avec un naturel
ui pouvait paraître bien grave pour laisser tom-
er une chose si charmante :

— Je ne doute *plus* de votre amour, Raim-
aud ; maintenant, je vous crois.

M. de Maulévrier a avoué depuis qu'elle l'avait
nt accoutumé à son désolant scepticisme, qu'il
eut pas d'abord tout le bonheur qu'un tel mot
evait lui donner. Ils avaient longtemps promené
r le balcon qui dominait le jardin de l'hôtel
abité par elle. Il faisait le plus sentimental clair
e lune, mais ils n'étaient pas gens à regarder le
el, comme dans *Corinne* : c'était là le moindre
uci de leurs pensées. Ils étaient rentrés dans le
oudoir jonquille, et s'étaient assis près de la
orte du balcon laissée ouverte, par laquelle arri-
aient, dans ce nid tiède et ambré d'une femme
légante, les bouffées pures et fraîches du jasmin

et des chèvrefeuilles. On entendait le bruit des
voitures qui gagnaient le boulevard de ce côté, et
qui, dans l'éloignement et dans la nuit, rappel-
lent si bien les grands murmures d'une mer agitée. Mais ni la nuit, ni les parfums du dehors, ni
ces bruits qui ressemblent aux plus beaux qu'il
y ait dans la nature, rien de tout cela n'influait
sur les dispositions de ces deux enfants d'une civilisation raffinée, de ces deux âmes vieillies au
sein d'une société positive et spirituelle, et n'ayant
jamais vécu que sous des plafonds.

— Oui, je vous crois, — reprit-elle. — Soyez
heureux, si vous le pouvez, d'un pareil aveu; mais
moi, vous le dirai-je, mon ami? je n'éprouve
point à croire que vous m'aimez réellement le
bonheur sur lequel j'avais compté. Je ne veux
plus vous tromper. J'ai renoncé à toutes ces petites faussetés que nous avons mises d'abord entre
nous. Je vous le répète, je suis sûre maintenant
que vous m'aimez, Raimbaud; votre amour me
touche, mais j'en suis plus touchée qu'heureuse;
et, vous voyez si je suis franche, je m'en plains à
vous.

Maulévrier, qui n'avait jamais vu jusqu'au fond
du cœur de cette femme sur le point de se révé-
ler à lui, prit ces tristes mots pour l'exigence
d'une âme vive, et le bonheur fier qui commençait à lui soulever le cœur ne fit que s'accroître
en l'écoutant. La confiance de l'homme aimé
l'égara, et il répondit, comme un dieu qui peut

donner le ciel et la terre, la plus épouvantable fatuité.

— Ah ! — dit-il — ne vous plaignez pas, Béran- gère ! Puisque vous croyez à mon amour, toutes les félicités sont possibles. Dès demain, sur ce cœur que vous ne repoussez plus, vous serez vengée de l'attente de ce bonheur qui vous semble tarder aujourd'hui !

— Que vous êtes bien un homme, — fit-elle, en haussant ses splendides épaules avec un mépris de reine offensée, — et que vous voilà bien tous, orgueilleux et grossiers, même les meilleurs ! Vous croyez donc qu'il est quelque chose qui puisse remplacer pour une femme le bonheur qu'elle n'a pas trouvé dans la foi même en votre amour?

L'accent qu'elle mit à dire cela fut si vrai, que M. de Maulévrier, tout homme du monde qu'il fût resté, n'osa pas souffler la plus petite des im- pertinences dont il eût régalé, très certainement, toute autre femme qui, dans un pareil moment, se fût avisée de prendre les airs dédaigneux d'un ange se voilant de ses ailes à l'approche d'une créature inférieure.

Il resta silencieux. Lui sut-elle gré de son si- lence?

— Raimbaud, — dit-elle, en lui tendant la main avec cette grâce incomparable qui lui subjuguait tous les cœurs, — il faut que je vous fasse une prière. Vous êtes venu chez moi par curiosité; vous y êtes resté par attrait; l'attrait est devenu

11

de l'amour. Jusque-là, c'est bien; mais qui sait la fin des affections les plus vives? Mme de Vicq, que vous connaissez, ne voit plus du tout M. de Loménie, et l'on dit qu'ils ont été fous l'un de l'autre. Quoiqu'il arrive de nous, Raimbaud, vous sentez-vous le courage de me promettre que nous ne nous brouillerons jamais?

C'était mâle et simple tout ensemble; c'était de l'estime exprimée en dehors de toutes les illusions de l'amour.

Une si noble prière fut un coup de lumière pour M. de Maulévrier. Il comprit tout ce que cette femme, sous des frivolités apparentes, cachait de solide et de bon; il comprit surtout ce qu'il y avait de flatteur pour lui dans une telle prière.

Elle, qui avait toujours rompu ou dénoué avec ces hommes qu'elle avait aimés quelques jours, devait lui donner le plus grand plaisir d'orgueil que pût ressentir un caractère élevé en lui demandant de rendre éternelles, au nom d'un sentiment plus haut placé que l'amour même, puisqu'il ne tombe pas en ruines comme l'amour, les relations que l'amour avait créées entre eux. Aussi, entraîné, promit-il tout ce qu'elle voulut, et lui fit-il les plus singuliers serments de lui rester à jamais fidèle pour le temps où il ne l'aimerait plus.

— Eh bien! puisque c'est chose convenue, — dit-elle en respirant longuement, comme si elle eût été débarrassée d'un poids terrible, — je puis à présent tout vous dire. Mon pauvre Raimbaud, je ne vous aime pas.

Elle avait d'abord flatté l'orgueil pour l'enchaîner, puis elle le blessait.

M. de Maulévrier devint pâle encore plus de colère que de douleur, car le malheur des gens d'esprit est de croire qu'on veut les jouer à propos de tout, et les commencements de la liaison de M. de Maulévrier avec Mme de Gesvres fortifiaient en lui cette idée-là.

Mais elle ne lui donna pas le temps de l'interrompre.

— Pas de colère, Raimbaud, — continua-t-elle, — ce serait vainement m'insulter. Ce que je viens de vous demander à l'instant même, ce que vous m'avez promis, vous permettent-ils de me mal juger? Toutes mes coquetteries avec vous sont mortes et enterrées; hélas! je sens que ma dernière illusion s'en va aussi! J'avais cru pouvoir vous aimer; je l'avais désiré, et je sens que je ne puis pas. Je vous le dis; en quoi suis-je coupable? Ah! je suis plus malheureuse que vous!

Écoutez-moi, — ajouta-t-elle avec la pitié intelligente d'une femme qui sait qu'on adoucit les douleurs de l'amour le plus vrai en parlant à nos vanités immortelles; — je ne puis pas vous aimer, vous, et vous êtes cependant l'homme qui m'a d'abord le plus attirée et qui m'ait plu davantage. Vous êtes l'esprit le plus distingué que j'aie jamais rencontré, et, sous les manières les plus séduisantes, le caractère le plus noble et le plus sûr. Vous êtes tout cela, Raimbaud, pour moi et pour les autres; mais voici ce que vous n'êtes que pour moi. De tous les hommes que j'ai aimés, vous êtes celui qui m'a donné le plus de ces émotions auxquelles ma froideur est rebelle, et vous êtes le seul à qui j'ai fait jamais un pareil aveu. Vous êtes le seul dans le tête-à-tête de qui je ne me suis jamais ennuyée. Vous êtes le seul à qui j'ai dit : nos vies se sont touchées; quoi qu'il arrive, engageons-nous tous les deux à ne les séparer jamais. Enfin, vous êtes le seul encore à l'amour duquel, avec mon expérience des hommes, je me serais livrée sans peur et sans fausse honte, tant les défiances que j'ai eues longtemps, vous avez su les surmonter et les vaincre. Voilà, Raimbaud, ce que vous m'êtes, et pourtant tout cela n'est pas de l'amour. Je sens toujours en moi le calme effroyable dont j'espérais que vous me feriez sortir. Je voudrais vous être asservie, et je ne le suis pas. Les sacrifices que je vous ferais, je ne vous les ferais que comme à un ami qu'on estime, sans entraînement, sans ivresse. Il y a des soirs où vous me plaisez extrêmement dans la causerie; mais à quoi plaisez-vous en moi? C'est à mon esprit; et je ne sens pas, comme quand on aime, le contre-coup de ce plaisir me troubler le cœur. Vous n'êtes pas pour moi l'intérêt passionné que j'attendais et dans lequel je voulais

perdre l'ennui terrible de ma vie. Moi qui ai aimé,
— et des hommes que vous auriez raison de
mépriser, Raimbaud, — je ne puis me méprendre
à ce qui est ou n'est pas de l'amour... Vous en
êtes digne, et moi, qui le reconnais, je n'en saurais éprouver pour vous. Ah! mon ami, pour
qu'il en soit ainsi, il faut qu'il n'y ait plus rien
en moi de vivant, d'ardent et de jeune. Tout est
consommé, tout est fini; je m'agite encore, je
me monte la tête, mais c'est inutile. Je retombe
dans l'horrible sensation de mon néant. Vous, qui
m'aimez, votre position vaut mieux que la mienne;
je suis plus à plaindre que vous!

Et elle se mit la tête dans ses mains en ache-
vant ces paroles désespérées qui tuèrent la colère
de M. de Maulévrier et l'éclairèrent tout à coup
sur le compte de celle qui venait de les prononcer. Ivre de pitié à son tour, il crut qu'elle pleurait ainsi penchée, et il se mit à genoux devant
elle, écartant les mains du front qu'elles cou-
vraient. Mais elle ne pleurait pas. Ses yeux étaient
désolés sans larmes. Ils tombèrent sombres dans
ceux de son amant, avec ce vague sourire des
douleurs profondes et surmontées.

— Levez-vous, — fit-elle avant qu'il pût exprimer un des mille sentiments qui l'agitaient; —
j'entends Laurette. — Et Laurette, qui ouvrait effec-
tivement la première porte du boudoir, parut sur
le seuil de la seconde, et annonça Mme d'Anglure.

Ce nom leur causa un tressaillement à tous les
deux.

Mᵐᵉ d'Anglure, revenue si brusquement de la
campagne, où elle était pour longtemps encore
et apparaissant tout à coup, à une pareille heure
chez la femme qui avait pris son amant et chez
qui elle allait le rencontrer... c'était étrange.

— Faites entrer, — dit la marquise avec sa
grâce nonchalante et comme s'il s'était agi d'un
de ses habitués les plus fidèles.

Et la comtesse d'Anglure entra.

FIN DE LA PREMIÈRE PARTIE.

DEUXIÈME PARTIE

I

LA COMTESSE D'ANGLURE

AROLINE de Vaux-Cernay, comtesse d'Anglure par mariage, était une des plus jeunes et des plus riches maîtresses de maison qu'il y eût lors dans la haute société de Paris. Élevée en rovince, au fond de la Picardie, par une vieille ante qui l'avait mariée au comte d'Anglure avant u'elle eût atteint sa seizième année, elle avait onsolé la bonne compagnie de la grande éclipse

de Mme de Gesvres, en ouvrant son salon presque
à la même heure où la marquise fermait le sien.
On trouva chez la comtesse d'Anglure la même
élégance, le même goût et à peu près le même
monde que chez Mme de Gesvres ; seulement,
celle qui faisait les honneurs de ce salon ne ressemblait en rien à Bérangère. Elle n'en avait ni la
beauté mate et arrêtée, ni la coquetterie toujours sous les armes, ni cette parole brillante et
hardie qui faisait croire, bien à tort, que la marquise était méchante à tous les poltrons qui ont
peur des esprits, mais qui donnait aux cerveaux
de ceux qui en ont, l'excitation fécondante sans laquelle on ne saurait causer avec plaisir et avec
entrain. Non, Mme d'Anglure n'avait rien de tout
cela. Mais pour ceux qui prosternent tout devant
l'inexprimable magie de la jeunesse, le changement consolait de la perte, et l'on pouvait sans
ingratitude stupide se dispenser d'avoir des
regrets.

Que l'on se figure en effet tout ce que les
peintres ont jamais inventé de plus printanier et
de plus suave pour donner une idée de la jeunesse, et l'on n'aura qu'une faible image de ce
qu'était Caroline d'Anglure quand elle arriva à
Paris. Toutes les femmes de seize ans ont l'air
jeune ; mais ce qui attirait si vivement en elle
n'était point cette floraison fugitive, cet entr'ou-
vrement mystérieux de rose blanche qui, sous la
force de la vie, déchire l'enveloppe de son bou-

ton, et qui s'épanouit au front de toutes les
virginités pubères ; c'était quelque chose de plus
fraîchement idéal encore, quelque chose de
supérieur à la beauté même, rayon impalpable et
divin qui se jouait autour de cette forme déliée,
mignonne et blanche, que le comte d'Anglure
avait prise un matin *dans sa mante,* comme dit
la chanson espagnole, et avait apportée, comme
une difficulté à vaincre, aux plus habiles coutu-
rières de Paris. Rien, de fait, ne dut être plus
difficile que d'habiller Caroline. La délicatesse
inouïe de toute sa personne alourdissait les plus
légers tissus, comme la lumière nacrée de son
teint en éteignait les couleurs. Jusqu'aux fleurs
pesaient sur ce front candide. Elle eût rappelé
les filles d'Ossian, ces belles rêveuses couchées,
sans les faire plier, sur des nuages, si une fraîcheur aussi exquise que la sienne avait pu durer
deux jours sans se faner dans les brouillards.

Ce genre de beauté parfaitement inconnu à
Paris, où les jeunes filles naissent flétries et épui-
sent ces nombreuses nuances de jaune qu'Haller
seul put exprimer par dix-huit mots distincts, en
allemand, eut un succès fou, le succès du rare et
de l'étrange, le grand succès chez les sociétés
avancées qui sont arrivées au bout de tous les
ordres de sensations. Les femmes qui eurent la
douleur de le voir et de le constater, sourirent en
prévoyant combien serait court un triomphe dû à
des qualités plus fragiles que la beauté même. A

leurs yeux, sceptiques pour tout ce qui n'est pas
leur miroir, Caroline d'Anglure était à peine
jolie : ce n'était qu'une blonde bien blanche ;
mais toutes les blondes ne le sont-elles pas ?
Comme les artistes, qui, plus francs ou plus
sensibles aux effets de la couleur, étaient fana-
tiques de l'éclat limpide et doux qu'épandait la
fraîcheur pâle de la comtesse, elles ne voyaient
pas que tout en cette adorable enfant s'arrêtait
timidement à la nuance, depuis le rose indécis
de la bouche jusqu'aux larges prunelles gris de
perle de ses beaux yeux, depuis les reflets bronzés
de ses cheveux tordus sur sa tête jusqu'aux
gouttes d'or fluide dans lesquelles l'extrémité de
ses longues paupières semblait avoir été trempée
par la main légère du caprice. S'imaginant sans
doute qu'il n'y a point de mois de mai aux
bougies, les imprudentes approchaient, sans
trembler, leurs épaules céruséennes des touffes
de lys irisées et diaphanes qui s'épanouissaient au
corsage de Caroline comme aux bords d'un charmant vase antique, tout svelte et tout pur, et
elles ne manquaient jamais de se dire entre elles,
quand la comtesse arrivait quelque part : — Ne
trouvez-vous pas que la *grande* fraîcheur de
Mᵐᵉ d'Anglure se passe un peu ?

Du reste, elles avaient décidé souverainement
qu'elle avait l'air bête, et vraiment la pauvre
Caroline, qui avait été élevée à la campagne, ou
plutôt qui n'avait pas été élevée du tout, ne pou-

vait guère mettre dans sa physionomie de ces
effrayants airs de tout comprendre et de pouvoir tout exprimer qu'ont les femmes de cet
admirable siècle, si profondément intelligent.
Quand le comte d'Anglure l'épousa, elle n'avait
fait que lire son office de la Vierge et cultiver
des résédas ; et quand il la conduisit dans le
monde, ce qu'elle y vit et y entendit n'éveilla
point en elle ces facultés dont les prodigieux développements, chez les autres femmes, menacent,
si cela continue, de devenir un véritable fléau.
Elle n'eut aucune des affectations modernes.
Lamartine l'ennuyait sincèrement, et sa loge était
souvent vide les jours que Rubini chantait. Elle se
contentait d'être le je ne sais quoi de joli, de
rond, de gracieux et de parfumé qu'est une
femme qui reste femme, — la seule chose que,
dans leurs ambitions effrénées, elles oublient de
vouloir être maintenant.

Mais si les excellentes amies de la comtesse
travaillèrent à lui faire une superbe réputation
de sottise et d'ignorance, il leur fallut toutefois
reconnaître que cette petite et insignifiante personne n'était pourtant ni gauche, ni timide, et
qu'elle faisait les honneurs de chez elle avec
aussi peu d'étonnement que si toute sa vie s'était
passée dans ce monde où elle arrivait. Cette jeune
fille d'hier avait l'aplomb du nom qu'elle portait.
Elle qui n'avait jamais vu que quelques curés de
campagne et quelques gentilshommes chasseurs,

vieux et bruyants amis de sa tante, Mlle Thécla
de Vaux-Cernay, elle avait les manières simples,
la voix, l'accent, la phrase brisée, la politesse
relevée et quelquefois familière de la femme
essentiellement comme il faut, qualités morales
de la noblesse de sang et de race qui font se ressembler, malgré les différences d'éducation, la
femme la plus répandue et celle qui n'a jamais
quitté la tourelle de son château de province. A
peine Caroline eut-elle fait faire ses robes chez
Palmyre, qu'elle eut l'air aussi comtesse que les
femmes chez qui elle allait au faubourg Saint-
Germain. On sentait soudainement, en voyant ces
femmes vieillies sur les parquets de ces salons
et cette petite mariée qui n'y avait jusque-là
jamais posé la pointe de son pied, qu'elles
étaient providentiellement écloses pour remplir le
même rôle social, et qu'elles étaient égales entre
elles par les traditions du berceau.

Cela seul empêcha peut-être qu'elle ne suc-
combât, comme femme à la mode, sous la réputation d'affreuse bêtise qu'on s'amusa à lui tailler
à facettes, car ce fut par ce mot cruel et forcé
qu'on traduisit la plus ineffablement charmante
absence d'esprit qui fut jamais. Cette imprescrip-
tible noblesse qu'elle avait dans l'accent et dans
la physionomie quand elle disait de ces riens qui
étaient, hélas! toute sa conversation (l'*hélas!*
était la charité ordinaire des femmes qui lui trouvaient la peau trop blanche), cette noblesse

originelle la sauvait de l'espèce de ridicule qu'il y
a en France, le pays, comme l'on sait, le plus
spirituel de la terre, à manquer de tout ce que
le monde a, et où les femmes, surtout, se placent
à une si grande hauteur, que pour deux mots
à leur dire sur leur bonne grâce ou celle de leur
robe, on est obligé de subir une conversation si
spirituelle, si *mille fleurs d'Italie*, qu'une bonne
migraine en est toujours le résultat.

Fut-ce le contraste plein d'imprévu qu'il y
avait entre cette enfant, que l'instinct du monde et
son aristocratie naturelle empêchaient d'être une
Agnès mais qui n'avait dans sa jolie tête rien qu
ressemblât à une pensée sur quoi que ce soit, et
les femmes distinguées qui en ont sur toute une
immensité; fut-ce ce contraste, ou seulement l'al-
liciant parfum de la plus exquise jeunesse en
fleur, qui lui livra et lui retint tous les hommages? Parmi ceux qui lui furent offerts, si elle
voulut en agréer quelques-uns, ce ne fut point
son mari qui l'en empêcha. Son mari, homme
élégant d'ailleurs, l'avait moins épousée pour
elle-même que pour cimenter des relations qu
existaient de fort longue date entre les Vaux-
Cernay et les d'Anglure; il fut probablement
décidé aussi par la beauté de cette blanche personne qui promettait à ses enfants un sang si
pur. Et comment n'eût-il pas plongé sa lèvre
avec un certain frémissement dans l'écume légère
et savoureuse de ce sorbet virginal? Mais peut-

être le trouva-t-il un peu froid. C'était tout à
fait un homme de son temps que Raoul d'Anglure,
de ce temps où la vie anglaise, la vie des hommes
entre eux, a succédé à ces relations de tous les
instants avec les femmes qui donnaient aux
hommes d'autrefois cette grâce, hélas! perdue,
et qui causait de si grands désordres d'amour.
Avec les habitudes qu'on prend si vite dans le
laisser-aller de nos mœurs, il n'appartenait réellement pas à Caroline de captiver un homme
comme Raoul. Aussi, peu de temps après son
mariage, celui-ci donna-t-il à sa femme une
liberté qu'elle ne désirait probablement pas. Il
la suivit fort rarement dans le monde. Il passait
ses journées à courir à cheval et à chasser; puis,
quand il était bien fatigué, il s'en allait clore ses
soirées chez une ancienne maîtresse plus âgée que
lui, et sur le canapé de laquelle il ne craignait
pas de s'étaler avec ses bottes et ses éperons. Là,
il trouvait toujours quelques amis, grands ama-
teurs du *va te promener, la honte,* et de l'intimité des hommes qui se mettent au-dessus des
apparences et qui les jugent sans soigner la rédac-
tion du jugement. Rien ne vaut, à ce qu'il
semble, cette intimité que les délicats traitent
de grossière, mais qui n'astreint ni à la repartie
ni à la grande tenue, si gênantes pour l'égoïsme
de nos jours. Cela est triste à dire, mais cela est.
Le mariage lui-même a toujours une certaine
pruderie, un certain guindé, ce certain vertu-

adin de satin blanc qu'on appelle la chasteté ; et
outes ces maudites agrafes, si difficiles à faire
auter, expliquent fort bien la préférence qu'on
ccorde et qu'accordait Raoul d'Anglure à une
ieille maîtresse qui suce vos cigares pour les
llumer et devant qui on se permet tout sans
qu'elle soit choquée de rien, sur une ravissante
eune femme épousée par inclination et digne de
out l'amour des anges, si les hommes ressem-
blaient à ces derniers un peu davantage.

Quoi qu'il en soit, la comtesse d'Anglure ne
s'aperçut guère des négligences de son mari. Elle
l'avait épousé sans l'aimer, et la vie extérieure
de Paris l'empêcha de regretter la vie intime
qu'elle n'avait pas. En vain lui insinuait-on quelquefois avec beaucoup d'art qu'elle ne devait
pas être heureuse, elle n'avait pas l'air de comprendre. Elle restait de la plus gracieuse stupi-
dité. Rien n'altérait le blanc plumage de cette peau
de cygne que lustraient la santé et la jeunesse,
et qui avait les splendeurs bleuâtres du plus pur
émail. Nulles larmes ne rosaient — car elles
n'eussent pas osé les rougir — ces paupières si
lentes à se mouvoir au-dessus de ces beaux orbes
d'un gris si tendre qu'ils semblaient sourire en
regardant. Aussi les observatrices de salon chez
qui elle allait prendre le thé, disaient-elles qu'où
l'esprit manquait, les sentiments vifs ou profonds
devaient nécessairement manquer aussi. Bel
axiome que M. de Maulévrier fit mentir, car il

advint que cette petite poupée, qui ne pensait
pas et qui, comme la statue de Memnon, ne
savait dire que bonjour et bonsoir d'une voix
harmonieuse, se prit à aimer M. de Maulévrier
avec une intrépide naïveté. Dans ce cœur d'une
virginité fabuleuse, éclata tout à coup cette fleur
d'un sentiment vrai qui ne fleurit plus guère que
tous les cent ans, comme l'aloès, et qui fait
moins de bruit. Elle retint l'amour prêt à disparaître de ce monde ; elle abrita quelques jours
encore ce bel oiseau de paradis que bien des
jeunes filles passeront désormais inutilement leur
vie à attendre dans ce siècle, où, en fait d'amour,
le langage meurt avec l'idée, et où demain peut-
être les lettres de Mlle de l'Espinasse seront
regardées comme l'expression apocryphe d'un
sentiment antédiluvien.

M. de Maulévrier arrivait alors on ne sait d'où,
après une absence de plusieurs années. On connaît maintenant le marquis Raimbaud de Maulévrier. Une singulière particularité de sa biographie de cœur, c'est que jusqu'alors il n'avait
aimé que les femmes brunes. Les cheveux *feuille
morte* de Mme d'Anglure le jetaient toujours dans
des rêveries qu'il se reprochait, car il haïssait
l'air rêveur. C'était, comme on l'a déjà vu, un
oisif comme Raoul d'Anglure, mais un oisif d'une
aristocratie plus relevée dans les habitudes de sa
vie. Il préférait la société des femmes à celle des
hommes, auxquels il adressait rarement la parole ;

il ne détestait pas les esclavages de la toilette,
et n'eût pas prostitué sa bouche au narghilé
même du sultan. Parce qu'il n'aimait pas à courir toute la journée, bride abattue, comme un
jockey, on l'accusait d'être un efféminé, et les
amis de Raoul l'appelaient en riant Sardanapale.
Indépendant, au milieu de Paris, comme le vent
dans les bruyères, et ne sentant pas l'affreux
besoin d'être riche, il pouvait, si cela lui plaisait,
s'engloutir tout vivant dans l'amour d'une femme
du monde, ce dévorant passe-temps pour un
homme, qui eût anéanti l'âme de Bonaparte lui-
même s'il n'avait pas eu le bonheur d'aimer
une femme entretenue, à une époque qui était
un pêle-mêle social.

Mais les misères du temps présent avaient tué
à la mamelle l'ambition de M. de Maulévrier, et
son orgueil était moins grand que sa vanité.
Aussi, à force de regarder ces cheveux *feuille
morte*, et ce cœur d'épaules qui donnait une
grâce si tombante à la robe de Mme d'Anglure,
il se dévoua encore une fois à ce culte terrible
qu'il avait déjà pratiqué, l'adoration d'une femme
de naissance et de monde. Seulement, empres-
sons-nous de le dire, Mme d'Anglure sut lui
épargner toutes les aspérités auxquelles il s'était
déjà si rudement froissé. Elle ne fit aucune des
petites mines d'usage avant d'accepter ce qui lui
causait tant de plaisir. C'est même de cette
époque que la fatuité de Maulévrier devint

13

célèbre ; Caroline en couva et en développa le
germe sous son amour. Elle l'aima avec la virginité de son âme, avec toutes les ignorances de
son esprit. Elle l'aima sans songer à autre chose
qu'à lui donner le plus grand bonheur possible,
sans mesurer les conséquences de la passion qui
se saisissait de son avenir, sans avoir le moindre
souci de la fragilité des beautés qu'elle lui prodiguait et dont elle trouvait qu'il ne s'emparait
jamais assez. Elle qui, par la nature de sa beauté,
était destinée à passer si vite, elle n'eut pas peur
des dégâts affreux de la caresse, et elle s'exposa
à tous les dangers du bonheur. Que voulez-vous ?
elle l'aimait comme une femme qui n'a pas dans
l'esprit la moindre portée, mais dont la céleste
niaiserie est le plus délicieux hasard que Dieu
puisse jeter dans la vie d'un homme amoureux !

M. de Maulévrier qui, en fait d'amours de
salon, avait, comme il arrive toujours, avalé
considérablement de crème fouettée avec plus ou
moins de vanille, s'abreuva, pour la première
fois, de ce lait chaud, pur et substantiel, d'un
sentiment vrai. Il fit même comme les chats
gourmands, qui fourrent jusqu'à leurs pattes dans
la jatte pour mieux boire : dans l'avidité de son
bonheur, il empêcha Mme d'Anglure de se montrer aussi souvent dans le monde ; et il eut tort,
car le monde doit être le premier amant d'une
femme du monde, et si elle en a jamais un
autre, il ne doit venir que bien loin après.

Comme la comtesse aimait M. de Maulévrier avec la soumission de cette Courtisane amoureuse qui mettait le pied de son amant sur son sein nu, comme elle adorait ses moindres caprices, elle aurait fini par ne plus aller chez personne et à vivre follement pour lui seul, si Mme de Gesvres, avec qui elle avait toujours été fort confiante, ne lui eût fait comprendre qu'en agissant ainsi elle s'affichait, et donnait contre elle aux autres femmes des armes dont elles ne manqueraient pas de se servir.

Et l'expérience de la marquise ne l'avait point trompée ; son conseil fut extrêmement utile à Mme d'Anglure. En dépit des nombreuses différences qu'il y avait entre ces deux femmes opposées presque en toutes choses, elles se voyaient assez souvent. Mme d'Anglure allait beaucoup chez Mme de Gesvres. Mme de Gesvres lui avait toujours montré une bienveillance pleine de franchise et d'appui. Jamais elle n'avait partagé les petites jalousies de ces jolies créatures, moitié abeilles et moitié vipères, qui n'oubliaient point, quand il s'agissait de la comtesse, de mettre un peu de venin dans leur miel. Il faut le dire, malgré son costume de coquette, la grande marquise était bien au-dessus de ces misérables sentiments. Belle comme un jour d'Asie, elle admirait naïvement la beauté dans les autres, et toujours elle avait parlé de celle de Mme d'Anglure comme eût fait un homme impartial. Fière

d'être belle, elle avait une fierté tranquille, inaccessible à toutes les alarmes. La comtesse d'Anglure, avec qui elle eut l'amabilité des cœurs
généreux pour ceux qu'on traite avec injustice,
la crut son amie, et vraiment elle l'aurait été,
si, comme celle qui l'appelait de ce nom, elle
s'était livrée en se liant, ce qui lui était impossible. On l'a déjà vu, le caractère de cette
femme était fermé comme les portes de l'enfer.
De toutes les grâces qu'elle avait en partage,
Dieu ne lui avait pas donné la plus grande, celle
de l'abandon. Elle écoutait avec une patience
attendrie le récit de l'amour de Mme d'Anglure,
mais elle ne rendait pas confidence pour confidence. Elle n'avait aucun des profits de l'amitié,
elle n'en avait que la probité sincère, car si, un
soir, elle prit plaisir à faire renier à M. de Maulévrier son amour pour Mme d'Anglure, c'est que
M. de Maulévrier s'était jeté lui-même dans
cette voie de blasphèmes, et qu'aucune femme
n'eût résisté à la tentation d'une si enivrante
volupté ; et si elle désira parfois être aimée de
l'amant de son amie, c'est qu'elle se trouvait
bien à plaindre de se voir privée d'un bonheur
qui n'était pas chose si rare, sans doute, puisque
Mme d'Anglure, qu'elle jugeait de si haut, l'éprouvait, et c'était d'ailleurs bien moins de la femme
qu'elle était jalouse que de l'amour.

Cet amour, elle l'avait cru une ressource, une
dernière ressource contre l'ennui de sa vie ; mais,

puissante à le faire naître, elle s'était trouvée impuissante à le ressentir. Si ses coquetteries
avaient rendu M. de Maulévrier infidèle, hélas !
qu'y avait-elle gagné ? Femme chez qui un esprit
mûri prenait insensiblement la place d'un cœur
qu'un sang brûlant n'avait jamais gonflé, espèce
d'âme étrange, mais qui, dans les sociétés
comme la nôtre, tend chaque jour à devenir
plus commune, sa misère tenait à ses qualités
mêmes. Mme d'Anglure, qui avait en tendresse ce
qui lui manquait en intelligence, pouvait-elle se
douter de cela ?

M. de Maulévrier avait cessé de lui écrire
depuis qu'il allait chez Mme de Gesvres. C'en
était assez pour qu'un doute affreux s'élevât
dans l'âme de la comtesse, et pour qu'elle s'en
vînt en poste à Paris, et jusque chez Mme de
Gesvres, voir, par ses yeux, si elle était réelle-
lement trahie.

II

PATTE DE VELOURS

QUAND la comtesse d'Anglure entra, Mme de Gesvres se leva et fit quelques pas au-devant d'elle, la main ouverte et la bouche souriante, comme on va au-devant d'une amie trop longtemps absente. Bien loin de repousser cette main qui lui était offerte, Mme d'Anglure la serra comme aux jours de leur amitié la plus tendre. Ni l'une ni l'autre de ces deux femmes ne songeait à faire ce qu'on appelle du drame ; elles étaient de trop bonne compagnie et de leur époque pour copier en miniature cette grande scène de Schiller entre Marie Stuart et Élisabeth d'Angleterre, à propos du comte de Leicester. On est obligé de le reconnaître, pour les gens aux yeux de qui le plus grand péché d'élégance est

le mettre ses impressions personnelles à la place
les usages reçus, le drame et tout ce qui y
ressemble ne saurait guère plus exister, ou s'il
existe, ne doit avoir plus d'autre théâtre que la
conscience, derrière les paroles et les actes qui
servent toujours à le violer. Quels que fussent
donc les sentiments de Mme d'Anglure, elle était
trop comtesse pour les montrer à sa rivale, et
cela en présence de l'amant qu'elle venait presque
réclamer. Son émotion ne lui fit pas transgresser
ces lois du monde contre lesquelles se révoltent
les moralistes de roman, et dont la gloire
est de ressembler à ce qu'il y a de plus beau
dans la nature humaine, — à la pudeur et à la
fierté.

Ainsi tout resta parfaitement convenable entre
ces trois personnes dont les sentiments étaient
sans doute si agités et si divers. Les deux femmes
s'embrassèrent, et après avoir légèrement salué
M. de Maulévrier, qui s'était incliné devant elle
comme s'ils avaient été étrangers l'un à l'autre,
Mme d'Anglure s'assit sur la causeuse de Mme de
Gesvres. Joli spectacle que ces deux femmes
enfermées dans la courbe gracieuse du meuble
consacré aux mollesses et aux intimités de ces
créatures languissantes ! On eût dit deux charmantes couleuvres s'enlaçant sur un tapis de
fleurs et se caressant de leurs dards sans oser
encore se blesser. Alors commença, entrecoupée
de petits mots d'amitié et de familiarités ravis-

santes, une conversation fort insignifiante dans le
fond, mais qui, comme dissimulation et souplesse,
eût fait certainement beaucoup d'honneur à la
barbe grise des plus vieux et des plus rusés
diplomates de l'Europe. Mme d'Anglure dit qu'elle
s'était si ennuyée à la campagne, auprès de sa
belle-mère, qu'elle n'avait pu résister à l'envie
de partir. C'était là toute son histoire, et elle la
fit en quelques mots, avec une simplicité d'accent
à laquelle on se serait volontiers mépris. La marquise lui renvoya la balle dans ce sens, et la conversation, ricochant d'une idée à une autre,
dériva bientôt aux élégants commérages des
femmes entre elles, quand elles veulent se tenir
en dehors de leurs sentiments. Cette conversation, à côté de leur position réciproque, ne dut
pas coûter beaucoup à Mme de Gesvres. Elle
était calme, puisqu'elle n'aimait pas M. de Maulévrier et qu'elle venait de le lui dire dans le
moment même, mais Mme d'Anglure ne l'était pas,
et réellement la marquise, qui dédaignait un peu
trop peut-être le caractère de son amie, et qui
savait qu'avec son amour aveugle pour M. de
Maulévrier elle était fort capable de provoquer
un éclat, dut s'étonner que la comtesse se jouât
si librement, et avec une facilité si animée, dans
l'écume légère d'une causerie toute de gaieté et
de riens, quand elle devait avoir le cœur dévoré
de la plus sombre jalousie. Cette jalousie, que
Mme d'Anglure nourrissait depuis plusieurs mois,

avait marqué sa trace partout sur les lignes de
ce suave visage, délicat comme le velouté des
fleurs. Elle était extrêmement changée. L'idéale
beauté du teint s'était évanouie. Malgré les ruches
qui garnissaient le chapeau lilas qu'elle portait et
qui encadraient l'ovale de cette figure, atteint
déjà, on voyait que la joue avait perdu sa ron-
deur voluptueuse, et qu'elle commençait à être
envahie par le vermillon âcre et profond que
donne la fièvre des passions contenues. Ce rapide
et cruel changement frappa d'autant plus la marquise, que la force des sentiments qu'il attestait
n'emporta pas une seule fois Mᵐᵉ d'Anglure. Elle
demeura aussi désintéressée en apparence dans
les mille hasards de la causerie, que si elle n'avait
pas étudié la femme avec qui elle jouait de
paroles légères et de façons caressantes. Tout en
cherchant à deviner ce qu'elle croyait le secret de
la marquise, elle ne livra point une seule fois le
sien. L'instinct de la conservation, naturel à tous
les êtres, l'éleva pendant tout le temps de sa visite
au niveau d'une femme d'esprit.

M. de Maulévrier contemplait avec un sentiment douloureux cet étrange spectacle. Il était
frappé, comme Mᵐᵉ de Gesvres, du ravage de ces
quelques mois sur la beauté qu'il avait aimée ;
et comme, si fat qu'il fût, il avait de l'âme autant
qu'en ont les hommes parfaitement civilisés, il
était épouvanté et attristé en même temps. La
mesure que gardait la comtesse l'étonnait bien un

14

peu aussi, mais comme il était mieux exercé à lire que la marquise dans les moindres mouvements de Mme d'Anglure, où la marquise ne voyait que du calme il voyait, lui, à de certains frémissements des lèvres, à de certains éclairs dans le regard, que l'orage grondait et brûlait sous ces menteuses surfaces.

Quoique son aplomb d'homme du monde lui fût venu en aide, et qu'il eût rougi de se montrer moins dégagé que les deux femmes qu'il avait devant lui, dans les allures d'une conversation qui n'exprimait aucun des sentiments réels de qui la faisait, il n'avait pas cependant cette dissimulation aisée, ce charme de mensonge silencieux, ce tact inné avec lequel Mme de Gesvres et Mme d'Anglure évitaient tout ce qui eût pu amener une explosion. En comparaison de ces deux lutteuses, il se trouvait gauche, parce qu'il se sentait contraint, et il était contraint parce qu'il était homme et parce qu'où les femmes passent en se glissant comme des reptiles, les hommes ne se frayent un passage qu'en brisant tout comme des éléphants.

Cette visite de Mme d'Anglure, qui ressemblait à une reconnaissance de la position de l'ennemi, dura presque une heure, une mortelle heure à la pendule de Mme de Gesvres, mais un siècle sans doute au cœur de la malheureuse comtesse qui devait compter les minutes autrement que le bronze inerte et glacé. Dans cette heure de

tortures dévorées, la marquise ne donna pas à
son ennemie (car la comtesse l'était devenue) le
plus petit des avantages. Elle fut de la sérénité la
plus désespérante. Elle ne dit pas un mot qui pût
faire croire que M. de Maulévrier fût plus pour
elle qu'un homme bien né à qui tous les salons
étaient naturellement ouverts. Elle n'évita point
une seule fois de le regarder et de lui répondre.
Elle aurait eu une passion dans le cœur qu'elle
n'en aurait jamais eu l'embarras ; mais la passion
était absente, et la sagacité de la jalousie, la seule
sagacité qu'eût la pauvre petite d'Anglure, fut
considérablement désorientée par un naturel si
plein de vérité et si bien soutenu. Intérieurement,
Mme d'Anglure éprouvait une véritable colère de
ce qu'elle croyait une comédie parfaitement jouée.
Comédienne elle-même, elle s'irritait d'avoir
affaire à une comédienne aussi habile qu'elle ;
elle se voyait battue à plate couture, et elle s'en
prenait à son peu d'esprit et à celui que dans le
monde on donnait à Mme de Gesvres. Son dépit
était aussi furieux qu'amer. C'étaient des sensations trop vives pour résister longtemps à leur
violence. Aussi, fort heureusement pour elle,
l'instinct qui l'avait préservée de toute ouverture
imprudente, l'instinct de la femme du monde lui
inspira-t-il de s'en aller.

Mais cet instinct eut beau réclamer dans son
âme, elle ne put supporter l'idée qu'en s'en allant
elle laisserait M. de Maulévrier avec Mme de

Gesvres, et si ce fut une faute que de vouloir arracher son amant à celle qu'elle supposait sa rivale, oui, si ce fut une faute après les dissimulations sublimes qu'elle avait réalisées, elle la commit.

— Adieu, ma chère, — dit-elle à Mme de Gesvres; — je suis bien heureuse de vous avoir revue. Adieu, je vous quitte, il est tard. Maintenant que me voilà revenue de cette vilaine campagne où je me suis tant ennuyée, nous pourrons nous voir tous les jours.

Et elle se souleva de la causeuse, mais elle y retomba assise avec une négligence adorable, pour renouer un des rubans de son manchon.

— Monsieur de Maulévrier, — dit-elle alors, en nouant gravement le ruban détaché, et avec ce ton que seules les femmes du monde connaissent et qui sauverait l'inconvenance des propositions les plus hasardées, — voulez-vous me donner le bras jusqu'à ma voiture ? et si vous n'avez pas la vôtre, je vous jetterai chez vous en passant ; vous êtes sur mon chemin.

Maulévrier se vit pris sans pouvoir dire non. Il se prépara donc à sortir avec la comtesse. Celle-ci, soulagée des contraintes de la soirée par ce qu'elle venait de décider, tendit encore une fois sa petite main gantée à la marquise qui, peut-être, sentit alors la griffe d'abord si bien cachée, et elle sortit avec un air d'aiglonne qui remporte sa proie à son nid.

— Comme elle l'aime et comme elle est changée ! — fit la marquise de Gesvres restée seule ;
et, disant cela, comme elle était debout, son œil
se porta sur la glace où elle se vit, elle, toujours
belle, ne changeant pas, Astre magnifique, éternel,
immuable.

On change, — ajouta-t-elle avec une tristesse
amère qui vengeait bien ceux qui l'avaient vainement aimée, — on change parce qu'on aime et
qu'on souffre, mais du moins on ne s'ennuie pas !

Et elle se mit, tout en bâillant, à sonner Laurette pour venir la déshabiller.

III

LES FAUSSES CONFIDENCES

E lendemain les trouva de bonne heure à la place où se passait ce drame sans action extérieure, sans grands bras, sans portes fermées et ouvertes : cette chose simple, réelle, la vie. Après une nuit de convulsions et de larmes de la part de Mme d'Anglure, M. de Maulévrier s'en était revenu à ce fatal boudoir de satin jonquille où un charme cruel le ramenait toujours. A force de mensonges, de fausses caresses et de fleur d'oranger, il avait calmé sa nerveuse maîtresse, et puis il avait pris sa course vers l'hôtel de Gesvres, ne respirant que la marquise, et croyant retrouver sur son front pâli une de ces nobles et tristes

impressions de la veille, qui lui avaient paru si
touchantes.

Mais, baste! la lune n'était pas si changeante
que cette muable femme, et il y eût eu cent années au lieu d'une nuit entre la marquise de la
veille et celle du lendemain, que sa physionomie
n'aurait pas été plus au rebours de l'espérance de
Maulévrier. Le bandeau d'ennuis qui lui ceignait si
souvent le front était caché sous les boucles mi-
gnardes et crêpées qui allaient si mal au caractère
ferme de sa beauté. La femme et toutes ses on-
doyances, ses morbidezzes, ses gaietés moqueuses,
se remontraient dans cette grande statue, désespérée parfois et silencieuse comme la Niobé antique, et qui, ennuyée de son piédestal comme de
toutes choses, en descendait pour jouer et s'agiter
auprès comme un enfant. Ce n'était plus qu'une
Parisienne piquante, vive et un peu affectée, un
vrai type de femme d'esprit, mais d'esprit de
femme, tout en pointes d'aiguilles, de malices et
de curiosités. Elle attendait Maulévrier avec plus
d'impatience qu'à l'ordinaire, et quand elle le vit :

— Eh bien? — fit-elle.

— Eh bien! — répondit M. de Maulévrier, —
Caroline sait tout, ou plutôt elle sait plus que
tout, car elle croit que nous nous aimons, tandis
qu'il n'y a que moi qui vous aime.

— Ah! contez-moi donc ça, — dit-elle, en se
tordant sur sa chaise longue dans son peignoir de
mousseline rose, et en respirant à pleines narines

un délicieux flacon ciselé qu'elle tenait; — contez,
mon ami, — répéta-t-elle avec une incroyable
sensualité.

Au mouvement presque libertin de cette chute
de reins admirable, on eût dit Léda attendant
son cygne et se préparant à la volupté.

Elle lui jeta deux regards à le rendre fou, si
lui ne l'avait pas connue, s'il n'avait pas déjà fait
l'expérience que ce qui ressemblait à de la passion dans cette femme n'était qu'un élan de l'esprit, et rien de plus.

— Mon Dieu! — reprit M. de Maulévrier avec
une expression capable d'éveiller plus d'un dépit
secret dans le cœur énigmatique de la marquise,
— mon Dieu! c'est là une assez triste histoire, et
d'autant plus triste qu'elle n'est pas finie, et que
je ne prévois guère comme elle finira. L'absence
et le soupçon qui en a été la suite ont exaspéré
tous les sentiments de Mme d'Anglure. Ces sentiments sont beaucoup plus profonds que je ne
pensais. Quelque dévouée qu'elle se soit montrée
jusqu'ici, et de quelques douceurs qu'elle ait
entouré ma vie, je ne croyais pas, en m'éloignant
d'elle, briser tout à fait la sienne. Non, franchement, je ne le croyais pas. Vous savez bien, ma
chère Bérangère, que je n'ai pas vos idées sur
l'amour. Vous avez une façon de le concevoir qui
vous dispense probablement de l'éprouver; mais
moi qui ne suis pas arrivé à vingt-sept ans sans
l'avoir connu plus d'une fois, et à qui celui que

vous inspirez ne fait pas d'illusion dernière, je ne
pensais pas qu'une femme du monde, aussi faci-
lement distraite de ses propres impressions que
peut l'être Mme d'Anglure, dût ressentir une de
ces passions contre lesquelles tout est impuissant,
jusqu'à la fierté. Hier, quand je vous quittai,
mon amie, et que je montai dans la voiture de
la comtesse, j'espérais qu'une bonne scène allait
rompre pour jamais des liens qui me pèsent depuis que je vous aime. J'espérais que l'idée d'être
quittée pour vous lui donnerait le courage d'une
explication suprême, et qu'aujourd'hui tout serait
fini. Mais il n'en a point été ainsi. J'ai vu une de
ces douleurs que je ne connaissais pas encore. La
nuit s'est passée pour cette femme dans de telles
angoisses, que je n'ai pas osé lui avouer que je
ne l'aimais plus, et confirmer par là toutes ses
jalousies. Je me suis pris de pitié pour cet être
faible et misérable dont la destinée reposait sur
moi ; et quoique mon cœur démentît tout bas en
pensant à vous ce que je lui adressais tout haut,
je suis enfin parvenu à assoupir la violence de ces
malheureux sentiments que je ne partage plus, et
sur la force desquels je voudrais vainement m'a-
buser.

— Pauvre femme ! — fit la marquise, arrivée
au bout de ses deux jouissances — de parfum res-
piré et de curiosité satisfaite — et en refermant
son flacon avec le bouchon d'or qui le surmontait.

— Oui, pauvre femme ! — répéta M. de Maulé

15

vrier avec un accent de compassion plus sincère. —
Elle m'a fait sentir le premier remords que j'aie
jamais éprouvé d'une chose aussi simple et aussi
involontaire que de cesser d'aimer. En regardant
cette tête si jeune et si changée, vous ne sauriez
croire à quel point je me reprochais le mal auquel j'avais condamné tant de beauté et de jeunesse.

— Et c'est un fort bon sentiment, — ajouta
Mme de Gesvres, — car le mal est grand en effet.
Elle, qui était si charmante, n'est plus même
jolie. Entre autres jalouses de Caroline, vous aurez rendu Mme de Guénéheuc bien heureuse.
Parce qu'elle est d'un blond assez fade, elle s'est
toujours crue la rivale en blancheur de Mme d'Anglure. Maintenant la grande fraîcheur de cette
pauvre comtesse ne lui rougira plus la sienne de
dépit.

Malgré le peu de vivacité et d'amertume que
Mme de Gesvres mit à faire cette réflexion toute
féminine, M. de Maulévrier y vit-il autre chose
que l'impitoyable cruauté du sexe, cette cruauté
que l'on retrouve dans la meilleure et la plus désintéressée des femmes quand il s'agit d'une
autre femme qu'on a l'air de pleurer devant elle,
ce qui est, de fait, fort impertinent?

Toujours est-il que dans l'impossibilité où l'on
est si souvent de rester vrai avec une femme, il
se prit à poser comme s'il avait été femme lui-
même; il mit sa main gantée sur l'angle de la

cheminée près de laquelle il était assis, puis il
appuya son front sur sa main avec un petit air
de saule pleureur qui ne manquait pas d'une certaine grâce de mélancolie.

— Vous souffrez, Raimbaud?— fit la marquise
avec des yeux où l'attention commençait de re-
naître. — Eh bien! — et elle veloutait d'une voix
attendrie le sarcasme, si c'en était un, — vous
n'en êtes que plus intéressant à mes yeux. Vous
ne ressemblez pas à ceux qui oublient. La mémoire d'une intimité de deux ans n'est pas abo-
lie en vous par un autre amour...

—Ah! si cet autre amour avait été heureux, —
interrompit Maulévrier avec l'ardeur d'un regret
inconsolable, — peut-être aujourd'hui, Bérangère,
le sentiment dont vous me faites un mérite n'exi-
terait pas. Eh! mon Dieu, c'est de l'égoïsme encore; si l'amour que je perds m'est une si grande
perte, c'est surtout parce que vous n'avez pas pu
le remplacer!

— Et qui sait, mon ami? — répondit-elle avec
calme; — vous n'êtes peut-être pas si détaché de
Mᵐᵉ d'Anglure que vous le pensez. On se fait de
si profondes illusions sur soi-même! C'est une
chose si bizarre que le cœur! Vous m'avez aimée
pendant l'absence d'une femme qui vous avait
rendu parfaitement heureux pendant deux années,
et qui, comme maîtresse, vaut, je le sais, cent
fois mieux que moi. Aujourd'hui, voilà que cette
femme revient parce qu'elle est jalouse et mal-

heureuse; elle revient vous offrir le spectacle
d'une jeunesse flétrie par vous, d'une beauté ra-
vagée, d'une vie perdue, d'une santé détruite,
peut-être, et cela au moment où celle que vous
lui avez préférée vous laisse voir l'impossibilité où
elle est d'éprouver l'amour comme vous l'auriez
désiré. Allez ! cette femme est encore bien puissante. Il n'est pas dit que vous ne vous repreniez
pas aux liens dont vous vous plaigniez à l'instant
même; il n'est pas dit que l'impression que je
vous ai causée résiste à l'éloquence d'un pareil
retour.

— Et, en vérité, je le voudrais presque, — dit
Maulévrier avec le petit machiavélisme dont il
essayait le succès, et en cherchant à voir clair
dans les sensations de la marquise.

— Et moi, — fit-elle en souriant avec une pla-
cidité déconcertante, — je vous jure que je le
voudrais tout à fait.

Était-ce là une ironie profonde, qui devait peu
coûter à cette femme d'un si grand empire sur
elle-même? Malgré les assurances de sincérité
qu'elle lui avait données, il était bien permis à
M. de Maulévrier d'être légèrement sceptique.
Elle était, en somme, la plus distinguée de ces
créatures de ténèbres qui n'avaient pas besoin
que l'on inventât les éventails pour cacher le laisser-aller de leurs yeux. Elle pouvait donc donner
à du dépit la forme d'un désintéressement parfait. D'un autre côté, ce dépit, que M. de Mau-

lévrier avait essayé de faire naître en affectant
une tristesse et un désir qu'il ne sentait pas, pouvait venir autant de la vanité que de l'amour.

Mais la vanité est si près de l'amour dans les
femmes du monde, tout cela est si divinement pétri
et fondu, qu'intéresser l'un ou l'autre amène souvent aux mêmes résultats. Or c'était précisément
le résultat dont M. de Maulévrier était avide. Il
était arrivé à ce degré de l'amour, dans les êtres
qui n'ont pas le *triste* et très peu *fier honneur*
d'être poétiques, où la possession la moins délicate paraît la meilleure, et où ce qu'il y a de
plus adorable dans l'amour même serait sacrifié
brutalement à cette diabolique possession.

Ce jour-là, M. de Maulévrier sortit de chez
Mme de Gesvres moins lassé et moins désolé qu'à
l'ordinaire. Il n'aurait pas pu se vanter, il est
vrai, d'avoir entendu murmurer le plus faible dépit dans tout ce que lui avait dit la marquise;
mais la possibilité de ce dépit s'était offerte à lui
comme une espérance, et il s'affermit dans la résolution d'attaquer par la vanité, endroit toujours
mal défendu chez les femmes, cette forteresse
imprenable à l'amour; il s'en alla répétant les
belles paroles de l'Ecclésiaste.

— Elle ne m'aimera pas davantage, — pensait-
il, — mais elle succombera; elle succombera en
femme du monde, froidement, élégamment, et dans
sa cuirasse, sans qu'une telle façon de si peu se
donner nuise à aucune de ses prétentions de

cœur éteint. Ce que n'auront pu faire les sentiments tendres, les sentiments égoïstes et jaloux
l'auront fait.

Ainsi, comme il arrive toujours, il était démo-
ralisé par la résistance, et l'amour n'était plus à
ses yeux que ce contact de deux épidermes auquel le réduisait, sans cérémonie, cet insolent de
Champfort.

IV

LE FOND DE L'ABIME

UNE fois bien ancré dans sa résolution, M. de Maulévrier comprit la nécessité de modifier sa vie extérieure. Il ne passa plus ses journées chez Mme de Gesvres, et quand il y alla, il choisit toujours le moment où elle n'était pas seule, le soir, par exemple, cette heure à laquelle elle recevait ceux qui préféraient à l'éclat des fêtes dont elle s'était retirée la libre causerie d'une femme d'esprit. Alors, il la trouvait flanquée de ses cavaliers servants qui servaient sans gages, et qu'elle savait fixer en ne cherchant pas à les retenir, de ses adorateurs fidèles qui, depuis des siècles, s'en venaient chaque soir contempler cette femme mobile, comme Nina contemplait la mer inconstante, et qui s'en retournaient,

disant peut-être inutilement comme Nina : Ce
sera pour demain. Au milieu de ce petit monde
dont elle était le centre et la vie, elle était
animée jusqu'au rire, d'une amabilité un peu
taquine, et disant sciemment du haut de son
bon sens de ces absurdités charmantes qui vont
si bien aux lèvres roses, grâces des femmes et
des enfants. Quoique, plus malheureuse que
Louis XIV, qui avait le bonheur d'aimer et de
pleurer, elle fût reine et s'ennuyât, jamais
l'ennui, que M. de Maulévrier savait être le fond
de son âme, ne se trahissait dans ses paroles ou
dans ses regards quand elle était entourée. L'être
extérieur reprenait le dessus, et, plus forte que
tout le reste, elle n'était plus, dans ces instants,
qu'une irréprochable maîtresse de maison.

A aucune époque, elle ne s'était montrée autre
chose aux yeux des autres pour M. de Maulévrier.
Comme elle n'avait pas l'abandon de ses sentiments, ni mot plus mystérieux ni familiarité plus
tendre n'avaient indiqué une de ces préférences
sur la nature desquelles il est si facile de se
tromper. Cependant, les hommes qui la voyaient,
et qu'elle n'écoutait pas, proclamaient, en l'en-
viant, le bonheur de M. de Maulévrier. Mais ce
n'étaient point ses manières avec lui qui leur
avaient donné cette idée ; c'était plutôt (après la
peur que ce ne fût vrai) l'indépendance hardie
qu'elle avait mise à recevoir, malgré les bruits de
quelques salons, un homme qui avait la réputa-

tion d'être un grand fat et de ne perdre son
temps chez personne.

Lorsque cet homme s'éloigna d'elle, les femmes
qui faisaient galerie à cette liaison, et qui, lorgnette en main, semblaient en étudier toutes les
phases, les femmes s'imaginèrent que le dénoû-
ment qui avait tant tardé était arrivé, et que
Mme d'Anglure était fort à propos revenue clore
un si fâcheux interrègne. Les hommes les plus
attachés à la marquise le crurent aussi de leur
côté, et comme ils la visitaient tous les soirs, ils
purent admirer le magnifique empire et la désinvolture inouïe avec lesquels Mme de Gesvres
pouvait voiler une rupture assez manifeste d'ailleurs. Pour tous ces hommes ferrés en diable sur
les convenances du monde, et qui n'avaient jamais compris, comme le cardinal de Retz, que
les devoirs extérieurs, la marquise révélait une
supériorité très remarquable en restant imperturbablement la même à l'égard de M. de Maulévrier. Le fait est qu'elle ne lui adressa pas la
moindre petite observation, qu'on eût pu prendre
pour un reproche, sur ses visites plus rares et
plus courtes. Quand il ne venait pas, il semblait
qu'il n'eût jamais existé pour elle. Quand il
venait, elle le recevait avec cette main ouverte,
cette hospitalité de sourire et cette étincelle
perlée dans le regard, qui disait à tous : Vous
voilà, tant mieux ! mais qui ne jaillissait du fait
exclusif de la présence de personne.

16

M. de Maulévrier, qui connaissait la puissance
que cette femme glacée exerçait sur elle sans
grand combat, ne s'étonnait point de cette conduite. Il savait bien que, dans toutes les hypo-
thèses, elle ne lui donnerait jamais le spectacle
de son dépit, et que, pour en saisir la trace et en
tirer le parti qu'il espérait, il aurait besoin de
toute sa finesse d'observation, de toute la péné-
tration de son coup d'œil.

Il savait qu'il jouait un jeu hasardeux, difficile,
qu'avec des femmes d'une civilisation raffinée
l'amour ne ressemble plus guère aux bucoliques
des premiers temps.

Du reste, M. de Maulévrier, en allant plus rarement chez Mme de Gesvres, devait rassurer la
tendresse alarmée de Mme d'Anglure ; c'était
comme une preuve ajoutée à toutes les assurances qu'il lui donnait de son amour, et qu'elle
n'acceptait qu'en doutant encore. A dire vrai, sa
jalousie eût-elle été cent fois plus inquiète, et
cent fois plus grand l'espèce d'effroi que lui
causait cette grande marquise, d'une beauté si
bien reconnue et d'une coquetterie dont le
monde racontait des choses effroyables, elle ne
pouvait pourtant ne pas sentir un mouvement de
joie et d'orgueil en voyant Maulévrier la préférer,
elle que le chagrin avait tant changée, à cette
marquise du démon.

Ses amies n'avaient pas manqué de lui apprendre la façon dont M. de Maulévrier avait passé

son temps pendant son absence. Mais comme, depuis qu'elle était revenue, ce temps lui était consacré presque aussi exclusivement qu'autrefois, elle pouvait croire, à ce qu'il semblait, que l'ennui d'être éloigné d'elle avait fort innocemment poussé son amant chez Mme de Gesvres.

Une autre, plus spirituelle et plus vaniteuse, eût admis peut-être cette chimérique innocence, mais ce n'était pas l'esprit qui faisait en elle obstacle à cette illusion assez douce, c'était la défiance, naturelle à un sentiment aussi profond que le sien.

Elle souffrait donc toujours de cette inquiétude éternelle qui, une fois excitée dans les cœurs bien épris, n'y périt plus. Elle souffrait, malgré toutes les négations que Maulévrier avait opposées à l'expression, d'abord éplorée, de sa jalousie. Rien n'y faisait ; ni cette intimité qu'elle avait retrouvée à peu près telle qu'elle avait existé autrefois, ni l'indifférence que M. de Maulévrier montrait, après tout, pour la marquise. Folle, qui avait raison au fond, elle souffrait contre les apparences ; et jusque dans les soins et les familiarités de l'amour même, elle tremblait toujours de l'avoir perdu.

Quant à M. de Maulévrier, il faut lui rendre cette justice qu'il montrait plus de persistance et de courage, pour arriver au but qu'il voulait toucher, que jamais chevalier novice n'en mit à gagner ses éperons. Il fut héroïque, en vérité. Il

s'enferma pendant des journées avec une femme
qu'il n'aimait plus. Il eut à l'empêcher de pleurer
quand l'envie lui en prenait, et cette envie venait
souvent.

Il avait à assoupir de fort légitimes défiances
dans le narcotisme des phrases sentimentales.

Lui, dont elle avait fait un sultan, et pour qui
toute la vie avec elle s'était passée à se coucher
sur des coussins de canapé et à se laisser adorer
en silence, il avait secoué une nonchalance si
superbe et cachait l'immense ennui qu'elle lui
causait sous un luxe d'amabilité qu'elle ne lui
avait jamais connue, même au temps de leurs
plus beaux jours.

Pauvre créature sans esprit, mais dont l'amour
était du génie, elle jouissait de cette amabilité
sans s'y laisser prendre.

Quand il lui avait bien répété sur tous les tons
qu'il n'aimait qu'elle, elle lui disait avec un regard ineffable :

— Tu m'empoisonnes peut-être, mais tu
m'enivres, et une telle ivresse est si douce qu'elle
fait pardonner le poison.

Mais des mots si poignants n'étaient que du jargon moderne pour M. de Maulévrier, car rien ne
donne un mépris plus philosophique pour l'amour
et son genre d'éloquence, que celui qu'on ne
partage plus et dont on est persécuté. Il restait
dans le cœur parfaitement insensible à tout cela.

La seule chose peut-être dont il fût touché,

était le déplorable état de santé de Mme d'Anglure, état de santé qui allait se détériorant de
plus en plus.

Maulévrier ne croyait pas que l'on pût mourir
d'un sentiment ailleurs que dans les ballades alle-
mandes, mais il pensait que, même à Paris, un
sentiment très exigeant et très malheureux pouvait influer sur la santé d'une femme naturellement délicate comme était Mme d'Anglure. Le
spectacle qu'il avait sous les yeux, d'ailleurs, ne
lui permettait pas d'en douter. Tous les accès de
larmes de Mme d'Anglure finissaient par des éva-
nouissements très réels. Quand elle avait parlé
avec cet âpre mouvement des personnes domi-
nées par la turbulence de leur propre cœur, une
toux déjà ancienne, mais aggravée, lui causait des
crachements de sang qu'elle regardait, en pensant
que ce sang était versé par sa poitrine, avec le
sourire fauve des êtres qui se voient mourir. Ces
détails physiques touchaient bien plus Maulévrier
que le sentiment qu'elle lui donnait, et dont la
prodigieuse énergie avait résisté à l'énervation des
salons.

La pitié de l'amant était détruite, mais la
pitié qui nous prend tous en voyant périr ce qui
est jeune et se flétrir ce qui est beau, la pitié de
l'homme restait encore. Pauvre reste, il est vrai,
et qui se perdait bientôt dans l'idée fixe qui
avait remplacé pour M. de Maulévrier tous les souvenirs de la vie, toutes les préoccupations du cœur.

Eh ! comment se fût-il appesanti sur l'idée cruelle de Mme d'Anglure mourant par lui et pour lui, quand il ne pensait qu'à surmonter les résistances de la marquise, quand cette infortunée Mme d'Anglure était un des moyens à l'aide desquels il étayait ses succès futurs ?

Cette pensée d'un succès que Mme de Gesvres lui faisait acheter un tel prix, le soutenait dans sa double épreuve de dissimulation et de mensonge vis-à-vis les deux femmes qu'il avait entrepris de tromper.

Il était enchanté de la sensation que sa conduite avait produite dans le monde, et de ce que les femmes, qui battent l'eau si bien en fait de commérages et qui la font jaillir si loin, recommençassent à tympaniser Mme d'Anglure sur le peu de fierté de ses relations avec un homme dont elle n'ignorait pas les torts. Tout cela servait ses projets à merveille; car enfin il était bien sûr que malgré la distance que Mme de Gesvres avait mise entre son salon et les pandemoniums à la mode, le bruit de cette reprise d'intimité avec une femme qu'on avait jugée *plantée là* ne manquerait pas d'aller jusqu'à ce boudoir de satin jonquille d'où l'amour était exilé, mais où la vanité parisienne, roulée, comme un chat dans sa fourrure, sous les plus habiles artifices, pouvait bien se trouver encore discrètement tapie dans quelque coin.

Et en effet, si cachée qu'elle y fût, il crut enfin

l'avoir découverte et blessée, quand, après plus
d'un mois pendant lequel il n'avait fait que de
courtes et officielles visites à Mme de Gesvres, il
reçut d'elle un gracieux billet où ses prétentions
au plus pur désintéressement étaient maintenues,
mais où, malgré les hiéroglyphes égyptiens de sa
manière, circulait je ne sais quel souffle de moquerie que M. de Maulévrier, à qui les désirs
avaient appris les subtilités de l'analyse, se mit à
respirer à longs traits :

« Ai-je prophétisé juste, » disait le billet, « mon
« cher Raimbaud? Je vous ai prédit que vous revien-
« driez à Mme d'Anglure, et il n'est bruit que de
« cette grande liaison qu'on disait finie et qui re-
« commence en dépit des méchants propos de ceux
« qui ne croient à l'éternité de rien dans ce triste
« monde. J'ai cru, avant tout, que, si amoureux
« que vous fussiez de moi, vous aviez mille raisons
« de l'être plus encore de Mme d'Anglure, et j'a
« désiré la première que vous le redevinssiez, puis-
« que mon malheureux caractère était incapable de
« vous donner le bonheur auquel on a droit quand
« on sait aimer. Tout ce que j'ai pensé et désiré
« s'est donc accompli, mon cher Raimbaud, et
« pour vous comme pour moi, il vaut mieux qu'il
« en soit ainsi qu'autrement.
« Mais, dites-moi, le bonheur que vous donne
« Mme d'Anglure est donc bien grand et bien nou-
« veau, pour que vous n'alliez plus chez personne
« et pour que vous ayez presque cessé de venir chez
« moi, qui suis, comme vous le savez, votre amie,

« et à qui vous avez juré que, quoi qu'il arrive,
« nous ne nous brouillerons jamais ? On raconte
« que vous vous consacrez à Mme d'Anglure avec
» un abandon de dévouement plus grand encore
« que dans les premiers moments de cette intimité
« qui édifie les cœurs fidèles. Moi, je réponds à
« cela que Mme d'Anglure est souffrante, ce qui
« rehausse le mérite de votre dévouement. Cepen-
« dant, si cette souffrance n'est pas de nature à
« empêcher Mme d'Anglure de sortir, et que ce ne
« soit pas une jalousie (bien aveugle sans doute)
« qui l'éloigne de sa confidente d'autrefois, je vou-
« drais bien l'avoir à dîner avec vous lundi pro-
« chain. Je viens de lui écrire un mot à ce sujet.
« Tâchez de me l'amener, mon cher Raimbaud, car
« je n'entends point séparer, fût-ce pour un mo-
« ment, ceux que Dieu a si bien unis.

« BÉRANGÈRE. »

Faut-il ajouter que la lecture de ce persiflage fit
à M. de Maulévrier un effet pareil à ces soufflets
donnés par Suzanne, qui comblaient de bonheur
Figaro?... Il se crut à la veille du triomphe! Il se
jura bien que ce dîner auquel l'invitait la marquise, serait comme le dernier coup de canon
qui terminerait un si long siège! Il alla trouver
Mme d'Anglure, déterminé à la traîner de force à
ce dîner qui lui offrait une si belle occasion de
jeter la marquise, déjà trahie par sa lettre, pen-
sait-il, tout à fait hors d'elle-même. Hélas! il
n'eut point à en venir à cette extrémité avec la

comtesse. Il n'eut pas même à faire la moindre
diplomatie pour l'amener à accepter l'invitation
de Mme de Gesvres. Avait-elle une autre volonté
que la sienne ? N'obéissait-elle pas à tous ses
caprices ? Et d'ailleurs, elle en qui M. de Maulévrier ne parvenait jamais à maîtriser toutes les
inquiétudes, n'avait-elle pas cet affreux besoin
des cœurs passionnés de se placer en face de la
réalité qui tue, et de rencontrer la désolante certitude qu'elle craignait et qu'elle avait déjà cherchée sans la trouver?

Ils allèrent donc au dîner de Mme de Gesvres.
C'était, comme tout ce qui venait de cette femme,
d'un goût tout à la fois noble et simple, une piquante réunion des hommes spirituels qui étaient
le plus assidus chez elle et des femmes qui lais-
saient parfois le monde pour y venir. La marquise
de Gesvres avait une réputation si bien établie
de maîtresse de maison incomparable, que les
femmes les plus intelligentes et les plus vouées
au culte de la grâce, aimaient à étudier la royale
manière avec laquelle elle faisait les honneurs
d'un salon dont elle avait diminué l'étendue, et
qui ne s'ouvrait plus que pour quelques privilégiés. Ce jour-là, quels que fussent ses sentiments
intérieurs — et la pâleur profonde de son teint
et une fatigue autour des yeux, qui ne lui était pas
ordinaire, semblaient confirmer les idées de M. de
Maulévrier — elle se maintint au niveau d'une
réputation qui ne pouvait plus grandir. Elle fut

17

gaie, vive, agaçante autant que dans ses jours
les plus splendides, et ce ne fut que plus tard et
vers la fin de la soirée que, comme une guerrière
lasse qui désagrafe sa chlamyde, elle apparut,
sinon à tous, du moins à M. de Maulévrier, dans
la vérité de son âme, masquée si souvent avec
son esprit.

En acceptant l'invitation de la marquise,
Mme d'Anglure avait voulu soutenir une lutte
contre la terrible rivale qu'elle se supposait. Un
reste d'orgueil insensé, comme en ont parfois les
femmes qui furent belles et que le désespoir de
n'être plus aimées pousse à tout, lui souffla qu'elle
était défiée, qu'il fallait combattre de ressources,
de beauté, d'artifices, dût-elle pour sa part en
mourir. Elle se rejeta avec fureur à toutes les in-
ventions d'une toilette qui devait relever sa
beauté dépérie ; elle improvisa en fait de parure
un véritable chant du cygne ; mais, aveuglée par
l'exaspération de ses sentiments, elle ne vit pas
que ses efforts se retournaient contre elle, et que
la femme *passée* faisait tache au sein des légers
tissus qui se plissaient et ondulaient autour d'un
corps à moitié brisé et dont ils cherchaient en
vain les contours. Elle mit une robe d'une coupe
divine, une de ces robes blanches qui avaient été
inventées pour elle dans le temps où elle ne craignait pas la comparaison des mousselines les
plus diaphanes avec la finesse et la transparence
de sa peau. Crânerie vraiment digne de pitié !

elle, qui n'était plus que touchante, osait ce qui
ne sied qu'aux plus belles, tant l'amour auquel
elle s'attachait avec la rage des âmes sacrifiées
l'empêchait de se voir et de se juger !

Mais, telle qu'elle fût, M. de Maulévrier afficha
pour elle, sous les yeux même de la marquise,
un sentiment si dominateur, il lui rendit un tel
hommage, il l'entoura de soins si tendrement
inquiets et si marqués, que bientôt elle perdit ses
défiances, et qu'elle sentit un incroyable bonheur
lui venir.

Pour la première fois, l'homme du monde
oublia que le monde le regardait, et agit avec
l'oubli des passions vraies. M. de Maulévrier
attira sur lui l'attention.

La comtesse, qui, comme tous les êtres sans
puissance de calcul, se livrait aux sensations
d'une nature aisément entraînée, perdit peu à
peu son air de victime. L'orgueil et l'amour satis-
faits lui relevèrent le front, ouvrirent ses lèvres à
tous les sourires, et firent flamber ses yeux éteints.
Elle devint aimable, de cette amabilité toute en
bienveillance qu'ont les femmes qui manquent
d'idées et qui sont riches en sentiments. Plus la
soirée s'avança, plus cette femme, qui jouissait
avec tant de profondeur des préférences publiques
de son amant, rayonna du bonheur qui la fou-
droyait. A force d'expression, elle reconquit presque sa beauté. Mais, par un contraste qui dut
frapper à la fin les yeux les moins observateurs,

à mesure que les félicités de cœur de Mme d'Anglure ravivaient ses manières et transfiguraient
ses traits mornes, la marquise perdait de son ani-
mation habituelle, du feu roulant de sa repartie,
et jusque de l'éclat fulgurant de sa beauté. On
eût dit un singulier déplacement de la vie dans
ces deux femmes, et que la chaleur et la flamme
passaient de la torche éblouissante au pâle flam-
beau menacé de mourir.

Avec quel intérêt haletant M. de Maulévrier
suivait ce changement dont il était cause, ces
distractions d'un esprit toujours si présent ! Pendant qu'il semblait n'être occupé que de
Mme d'Anglure, au milieu des groupes du salon
et de ces causeries éparpillées qu'elle avait mises
en train et pendant quelque temps soutenues, la
marquise s'était retirée à l'écart sur un canapé,
où nulle femme ne se trouvait alors. Elle était là,
pâle et sombre sous les larges bandes de velours
d'un pourpre foncé qu'elle avait nouées dans ses
cheveux, le sourire vague, les poses appesanties,
l'air passionné et, par rareté, presque idéal !

Certes, ceux qui la virent dans cette attitude
et avec cette physionomie, durent y lire une influence de l'amour montré à Mme d'Anglure par
M. de Maulévrier. Il est évident que l'accable-
ment la prenait, cette forte femme ; qu'elle était
à bout, qu'elle n'en pouvait plus ! Le regard de
Mme d'Anglure, qui la fixait de l'autre extrémité
du salon, ne s'y trompa pas. Ce regard doux et

humide se sécha, et devint tout à coup implaca-
blement moqueur. M. de Maulévrier, qui le sur-
prit, se retourna avec une joie vers celle à qui il
était adressé, comprenant, sans doute, que l'instinct de la femme jalouse et triomphante en
savait encore plus que lui, et lui garantissait la
défaite qu'il attendait depuis si longtemps.

Sûr des tortures morales de la marquise, lues
par lui dans ce regard de panthère parti comme
l'éclair de ces suaves prunelles de velours gris, il
se leva transporté, interrompant sa phrase commencée à Mme d'Anglure, pensant qu'enfin la
marquise avait trouvé le fond de l'abîme, et
qu'elle ne descendrait pas plus bas pour lui échapper.

Il vint donc s'asseoir près d'elle, en chancelant,
avec le vertige de la victoire, et d'une voix mal
contenue lui dit à l'oreille, avec l'assurance d'un
homme qui a tout deviné :

— Qu'avez-vous donc pour être si triste, Bérangère ?

— Ah ! — fit-elle en le regardant avec deux yeux
désespérés, — on dit que la jalousie peut mener à
l'amour, et je n'avais plus que cette ressource. Je
vous ai repoussé dans les bras de Mme d'Anglure,
pour voir si je n'en souffrirais pas, et si l'amour
ne sortirait pas pour moi de cette douleur. Eh
bien ! je vous vois, depuis deux heures, montrer
un amour fou à Mme d'Anglure, et je n'en ai pas
été émue une seule fois. C'est le fond de l'abîme,

comme vous voyez, — ajouta-t-elle avec un horrible égarement de sourire.

Ils s'étaient rencontrés dans cette pensée, mais, hélas! ce n'était pas le fond de l'abîme comme l'avait entendu M. de Maulévrier!

V

EXPLICATION

ONSIEUR de Maulévrier était resté anéanti sous l'accablante parole de Mᵐᵉ de Gesvres.

— Est-ce que vous êtes souffrante ce soir, ma chère? — était venue dire à l'oreille de la marquise la vicomtesse de Nelzy, qui l'avait aperçue parler à M. de Maulévrier avec une physionomie douloureuse.

Et, déjà, rappelée au rôle de toute sa vie, la marquise s'était levée souriante et était allée causer avec la vicomtesse, près de la cheminée, au feu de laquelle elles tendirent la pointe de leurs pieds chaussés de satin. Maulévrier demeura donc sur le canapé, en proie à la rage d'une déception sans bornes, frappé au cœur de sa vanité comme de son amour, et traversé de part en part.

Mᵐᵉ d'Anglure, qu'il avait quittée avec tant de
brusquerie et qui avait suivi son mouvement et
l'expression de ses traits pendant qu'il parlait à
Mᵐᵉ de Gesvres, devint plus pâle que lui en
voyant le changement soudain qu'avait produit en
toute sa personne le mot dit à voix basse par la
marquise. La jalousie revint vite à ce cœur déchiré; mais alors, débarrassée de tous ses doutes,
elle y revint avec une inébranlable certitude.

Ce qu'il y avait d'insupportable dans les sensations de M. de Maulévrier, c'est que ces sensations se combattaient, c'est qu'il ne pouvait
s'abandonner franchement au mouvement qui,
produit par une autre femme que Mᵐᵉ de Gesvres,
l'aurait tout d'abord emporté. Il ne savait s'il
devait la plaindre, la mépriser ou la haïr. Il y
avait des motifs pour tout cela dans Mᵐᵉ de
Gesvres. Seulement, quand le cœur était poussé
à l'un de ces trois sentiments, voilà qu'au même
instant les deux autres s'élevaient pour lui faire
obstacle, et jetaient cette chose naturellement
empêtrée, le cœur d'un pauvre homme, dans un
incroyable embarras. Alternative extraordinaire et
des plus cruelles !

Quand le mépris était prêt de tomber comme
la foudre sur cette créature de rubans et de petites mines, indigne, après tout, d'un amour
sérieux, la pitié pour cette âme impuissante, pour
cet esprit qui sentait bien où est la vie, et qui
l'avait cherchée avec tant d'indépendance dans

ces relations que le monde condamne, la pitié arrêtait le mépris. Femme sans unité, aussi étrange que la Chimère antique, Protée, caméléon, le diable en personne, c'était la plus grande tourmenteuse d'âmes qui eût peut-être jamais existé. Ce n'était ni précisément un homme, ni précisément une femme, car alors on aurait su à quoi s'en tenir; on eût arrangé ses sentiments en conséquence. Eh bien! c'eût été un ami, si ce n'eût pas été une maîtresse; mais, ami, maîtresse, rien des relations ordinaires de la vie n'était possible avec cette femme, et n'était impossible non plus.

On y perdait son cœur, on y brûlait son bonnet; les plus habiles s'y trouvaient pris comme les plus tendres. Bien des hommes avaient essayé. Bien des esprits, abusés par l'histoire, en avaient voulu faire, pour le siècle, une espèce de Ninon de l'Enclos.

Fatigués d'un amour inutile, ils s'étaient rabattus à l'amitié; mais, quand l'amitié était invoquée, la câline et capricieuse femme se mettait à prendre de ces irrésistibles airs de maîtresse qui étaient, hélas! son unique façon de se livrer, et si l'on s'arrêtait à ces airs-là, elle les changeait tout à coup en manières d'amitié si touchantes qu'elles pouvaient jeter dans une rage atroce, mais qu'elles ne donnaient pas le courage qu'il aurait fallu pour se brouiller. Entrelacement épouvantable! liens dans lesquels on se roulait

18

désespérément pour se garotter un peu davantage! Arrivé à cette intoxication de sentiments
qui tenait du charme, il n'y avait qu'un moyen
violent d'en sortir à son honneur : c'était de tuer
la sorcière, d'étouffer cet impatientant génie, cet
Attila femelle en robe tombante.

Malheureusement, à une certaine hauteur sociale, on ne tue pas les femmes à Paris. On y
comprend très bien qu'une passion qui pousse à
tuer la femme qu'on aime est de la puissance ;
mais c'est de la puissance au service de quelqu'un,
cela sent sa domesticité, et, dans cette société
vaniteuse, nul ne veut se proclamer inférieur.
Aussi, quand il n'y a plus que ce remède pour les
gens bien élevés, ils le voient, mais ils ne l'em-
ploient pas, et la civilisation les récompense de
cette modération pleine d'élégance en éteignant
peu à peu cet amour qui retombe sur lui-même,
vaincu par l'obstacle éternel.

Des roses *qui vivent un jour*, les passions mal-
heureuses, dans une société avancée, sont de beaucoup les plus fragiles. Quand donc le cœur a bien
tempêté comme la mer, au pied du roc qui ne
bouge, comme la mer le cœur se retire ; mais la
nature persévère plus que l'homme, la mer revient,
et le cœur... pas !

M. de Maulévrier en était-il arrivé à ce moment dans ses passions d'homme civilisé ? On l'eût
dit, à le voir, tout défait encore de l'impression
que venait de lui causer la marquise, se lever avec

presque autant de légèreté qu'elle et aller trouver Mme d'Anglure à l'autre bout du salon, immobile et droite comme un camée antique jauni par
le temps. La malheureuse femme, qui pouvait à
peine articuler un mot, l'avertit qu'elle voulait
sortir, prétextant un de ces malaises qui sont aux
ordres de toutes les femmes. M. de Maulévrier
devina dans ses yeux, et dans la convulsion d'une
bouche qui s'efforçait de sourire, l'effroyable scène
qui l'attendait.

C'était la millième de l'espèce : il était déjà
bronzé à ce jeu. A peine furent-ils en voiture,
que les pleurs commencèrent à couler. Ce furent
des étouffements de larmes, des torsions de cou
et de bras, des plongements de front dans les
mains crispées, tout cela perdu dans l'obscurité,
dans le silence, ce silence précurseur des tempêtes. Maulévrier les voyait, les entendait, quoiqu'il affectât de ne les voir ni de les entendre,
résolu à laisser venir la foudre sans en provoquer
les éclats; résolu aussi à ne plus calmer ces orages
apaisés si bien naguère, quand il était soutenu
par le but qu'il croyait atteindre en jouant l'amour
avec la comtesse. Pour lui, la lassitude avait succédé à l'intérêt. Il était dans cette situation
égoïste, furieuse et amère, qui fait de l'âme la
plus noble une bête féroce, quand on l'ennuie. Il
souleva la glace, et pendant qu'il sentait se gon-
fler de sanglots, à son coude, le flanc de la
femme qui pleurait par lui et pour lui, il se mit à

respirer indifféremment l'air de la nuit, et à suivre
dans le mouvement de la voiture cette ligne grise
de maisons qui semblaient fuir. Ils roulèrent ainsi
pendant assez de temps, Mme d'Anglure demeu-
rant à l'extrémité de la rue de Varennes. Pas un
mot ne fut échangé.

Quand ils furent arrivés et qu'il fallut descendre, M. de Maulévrier offrit sa main à Mme d'Anglure, mais comme elle ne la prenait pas, il re-
monta à demi dans la voiture, d'où il était des-
cendu, et il s'aperçut que la comtesse était évanouie. Cet évanouissement avait assez mauvaise
grâce aux yeux des valets, qui ne manquèrent
pas de se faire des signes en aidant M. de Maulévrier à emporter Mme d'Anglure jusque dans
son appartement. Là, ses femmes la mirent dans
un grand fauteuil et lui firent respirer des sels.
Ces soins la rendirent à la conscience de sa douleur. Comme une souple couleuvre qui se re-
dresse du sein de la neige qui l'a d'abord en-
gourdie, elle se souleva dans son burnous de
cachemire blanc qu'on avait roulé autour de ses
épaules nues, et en femme qui n'a plus rien à
ménager de sa dignité personnelle et de sa considération aux yeux des autres, elle dit qu'on la
laissât seule avec M. de Maulévrier.

La pendule marquait une heure et demie du matin. Jamais M. de Maulévrier ne s'était trouvé à
une pareille heure dans l'appartement de Mme d'Anglure, du moins à la connaissance de ses gens.

— Ah ! vous m'avez trompée, Raimbaud, — s'é-
cria-t-elle. — Vous ne m'avez pas dit la vérité,
quoique je l'eusse bien devinée ! Pourquoi ne m'a-
voir pas avoué plutôt que vous ne m'aimiez plus et
qu'une autre m'avait pris votre amour? C'est elle,
la marquise, une infâme coquette, qui ne vous
rendra pas heureux comme je l'aurais fait, qui
ne vous aimera pas comme moi, Raimbaud, et
qui ne mourra pas comme moi quand une fois
vous ne l'aimerez plus !

Elle avait d'abord voulu parler d'une voix assurée, mais les pleurs étaient venus peu à peu, et
des sanglots qu'elle ne contint plus éclatèrent.
M. de Maulévrier marchait dans la chambre à
grands pas, la main droite ramenée au flanc
gauche, cette belle pose du portrait de Talma
dans *Hamlet*, hésitant encore à jeter sur cette tête
dévouée et désolée le mot qu'elle savait, mais
qui, dit par lui, allait l'écraser.

— Pourquoi ne me répondez-vous pas, Raimbaud? — fit-elle. — Me méprisez-vous donc tant que
vous ayez résolu de ne rien avouer ? Pensez-vous
pouvoir m'abuser encore par votre silence, comme
vous le faites depuis un mois avec ce langage qui
me jetait dans l'âme un bonheur rempli d'épouvante, car je ne sais quoi me disait que tout ce
bonheur était faux ! Vous m'avez trompée par
pitié, Raimbaud ; mais je voulais votre amour, je
ne voulais pas votre pitié. Hélas ! il fallait bien
que j'apprisse un jour ou l'autre ce que vous de-

viez être impuissant à me cacher. La marquise
aussi est jalouse. J'ai vu sa jalousie aujourd'hui;
j'en ai joui d'abord, mais, grand Dieu! qu'ensuite
j'en ai été punie! Vous avez eu peur en la voyant
jalouse; vous avez eu peur de la faire souffrir
plus que moi; vous avez sacrifié celle que vous
n'aimiez plus à celle que vous aimez : c'était
juste; je ne vous le reproche pas, Raimbaud,
mais je me demande seulement comment j'ai fait
pour vous déplaire et pour que vous cessiez de
m'aimer?

Ainsi, les paroles de son désespoir ne démen-
taient pas toute sa vie. C'était toujours la femme
esclave, la femme faite pour l'amour, l'amour
vrai et comme il ne se rencontre plus que dans
quelques cœurs exceptionnels, dans quelques
esprits que le monde insulte, car ils sont sans
puissance. Si M. de Maulévrier avait été désintéressé vis-à-vis de Mme d'Anglure, il eût admiré
l'abnégation de cet amour résigné; mais, dans sa
position, il n'était plus juste. Caroline lui parlait
de la jalousie de la marquise; c'était comme une
voix ironique qui le raillait après tout ce qui
s'était passé. Son succès manqué, et rappelé de
cette façon innocente, le rendit implacable, et lui
qui se taisait par une délicatesse plus du monde
encore que du cœur, se mit à dire les choses,
haut et clair, à l'infortunée :

— Puisque vous voulez la vérité, Caroline, vous
avez raison; j'aime Mme de Gesvres, c'est-à-dire

que je l'ai beaucoup aimée, car je crois cet amour affaibli déjà dans mon cœur; mais ne parlez pas de sa jalousie, ne parlez pas de tout ce dont vous parliez à l'instant : elle n'est pas jalouse, car elle ne m'a jamais aimé, car elle ne s'est jamais livrée, car tout l'amour que j'ai eu pour elle n'a jamais pu entraîner le sien.

Elle le regarda avec des yeux bien ronds et bien incrédules, en secouant tristement la tête, imaginant sans doute qu'il mentait encore. Elle ne comprenait pas qu'une femme pût ne pas aimer l'homme dont elle était folle, *son* Raimbaud.

— Vous ne me croyez pas, Caroline ? — fit M. de Maulévrier, qui ne voyait pas d'où venait cette incrédulité adorable. — Oh ! vous ne connaissez pas la marquise. Vous la jugez comme on la juge dans le monde; vous la croyez plus que légère, une femme aux amours faciles et rapides, elle dont la froideur est invincible et dont le cœur ne peut plus désormais être atteint. Vous ne savez pas à quel point elle est malheureuse, au fond, de ne pouvoir trouver dans la vie un de ces intérêts que vous lui supposez pour moi. Vous la calomniez indignement dans sa conduite, et elle n'a pas le moindre bonheur qui la venge de vos calomnies. C'est une femme digne d'autant de pitié que d'estime; ne l'insultez pas comme vous le faisiez tout à l'heure, car si elle a été votre rivale, ce n'a jamais été que dans mon cœur.

Il s'arrêta, éprouvant une âpre jouissance à rendre justice à la femme qui n'avait jamais eu d'amour pour lui, devant celle qui le croyait plongé dans les félicités d'un amour partagé; il s'arrêta, effrayé aussi du mal qu'il venait de faire à Mme d'Anglure.

— Assez, Raimbaud, — lui cria-t-elle, prenant cet éloge de Mme de Gesvres pour l'expression d'un amour fanatique et désespéré; — vous êtes la dupe d'une coquette sans âme : ne pouvez-vous m'épargner l'humiliante douleur de vous voir la défendre contre moi?

L'effort de cette colère soudaine, de cet incoërcible dépit dans une créature si douce d'ordinaire, ébranla ses organes déjà malades et leur porta un funeste coup... Ce soir-là, Mme d'Anglure sentit le sang lui monter dans la poitrine. La conscience de sa mort prochaine apaisa bientôt sa colère.

— Pardonnez-moi, Raimbaud, — fit-elle en tendant à M. de Maulévrier cette main qu'il prenait avec tant de transport autrefois; — pardonnez-moi ce que j'ai dit, en considération de ce que j'ai souffert ce soir. Vous serez bientôt quitte de mes plaintes. Pour le temps qui me reste à vivre, je ne veux pas vous offenser, vous que j'aime encore, dans la femme que vous m'avez préférée.

.   .   .   .

VI

L'IMPÉNITENCE FINALE

INQ jours après cette scène, Mme d'Anglure était à l'agonie. Les vomissements de sang étaient revenus avec une énergie effrayante. Le médecin ne conservait nul espoir. M. de Maulévrier qui se trouvait, grâce à ses aveux, dans une position vraie vis-à-vis de Caroline, n'eut point de résistance à vaincre en lui-même pour soigner cette pauvre mourante qui l'avait si éperdument aimé, et pour entourer ses derniers moments des formes de ce dévouement extérieur qui, après l'amour, fait illusion encore aux cœurs tendres. Il resta, autant qu'il le put, auprès du lit de la comtesse. Il n'avait plus à feindre un sentiment qui le gênait. Au contraire, il pouvait être franc dans l'expression de celui qu'il éprouvait, car il

19

en éprouvait un alors : il s'attendrissait sur cette destinée qu'il avait perdue. Pitié que l'amour-propre empêche d'être amère, et à laquelle, pour cette raison, sans nul doute, le cœur de l'homme sait se livrer avec abandon !

Elle qui finissait la vie comme elle l'avait commencée, par un seul amour, jouissait tristement de l'attendrissement de M. de Maulévrier, et lui souriait au milieu de toutes ses souffrances, avec les larmes de la reconnaissance et du désespoir dans les yeux. Elle ne parlait plus en termes irrités de la marquise, de cette *voleuse d'amants* qu'elle aurait désiré parfois dénoncer à toutes les femmes, et pourtant les aveux de Maulévrier ne l'avaient point persuadée. Elle croyait qu'il était aimé de la marquise, et qu'il l'aimait assez pour avouer son amour et le proclamer malheureux, pour se vanter de ses rigueurs. Elle voyait là un généreux mensonge. Elle n'était pas une observatrice de premier ordre, cette suave enfant qu'ils avaient appelée *la Belle et la Bête;* front charmant, mais bien parfaitement fermé à la lumière, elle ne comprenait guère que ce qui était simple, et jugeait les autres par elle-même. Une femme de la complication de Mme de Gesvres ne pouvait pas tomber sous ce sens étroit, les relations de M. de Maulévrier avec Mme de Gesvres être expliquées par cette nature toute droite qui était venue, comme une fleur, en pleine terre, à la campagne.

— Vous vous fatiguez et vous vous ennuyez,

mon ami, — disait-elle à M. de Maulévrier, quand
elle le voyait passer des heures entières près de
son lit et en silence; car il était défendu de
faire trop parler cette poitrine si souvent en sang;
— voilà que toute votre vie est changée, parce
que je me suis imaginée d'être malade. Raimbaud,
je ne veux pas de cela. Vous êtes délicat et bon
pour moi; je vous en remercie, j'en suis même
heureuse au milieu de tout ce qui m'afflige et me
fait mourir, mais je ne veux pas qu'où l'amour
n'est plus, soient les sacrifices de l'amour. On
n'en doit pas tant à ceux qu'on n'aime plus. On
ne doit même qu'à ceux qu'on aime, et la marquise — ne faites pas ce mouvement et écoutez-
moi — a droit de se plaindre de l'abandon
dans lequel vous la laissez. Quittez-moi donc
souvent pour elle, allez la voir, et cependant, —
ajoutait-elle avec une expression irrésistible, —
revenez ici, Raimbaud, puisque la pitié vous y ra-
mène. Je n'ai pas la force qu'il me faudrait pour
me priver de ce dernier bonheur.

M. de Maulévrier n'obéissait pas toujours à
Mme d'Anglure; une affection si profonde, et en
même temps si douce, lui donnait le courage de
résister à la malade dévouée qui, l'amour au
cœur, l'envoyait ainsi voir sa maîtresse. Cette
bassesse sublime le touchait, et parce qu'il était
touché, il restait, captivé davantage. Il restait,
comparant cet amour à l'impuissance d'aimer de
la marquise; et celle-ci, dont le noble esprit

était fait, du moins, pour tout comprendre, en-
viait, avec un regret plus inconsolable que jamais,
le sentiment dont elle était privée, quand M. de
Maulévrier lui racontait tout ce que ce sentiment
inspirait à Caroline de touchant, d'aimable et de
bon.

Et comme, en dehors des mille vanités de la
femme qui la faisaient si souvent extravaguer
avec tant de charme, Mme de Gesvres, à force
de bon sens, finissait par avoir un cœur excellent,
elle apprécia dignement la conduite de Mme d'Anglure et elle se sentit vivement attirée vers la
malade, quoiqu'elle crût — illusion analogue à
celle de Caroline — que M. de Maulévrier, qu'elle
avait pris au mot dans la dernière comédie qu'il
avait jouée pour exciter sa jalousie, était revenu
à celle qu'il avait si longtemps aimée. Seulement,
quelle que fût alors sa sympathie, elle savait bien
qu'avec les convictions de Mme d'Anglure et ce
qui s'était passé entre cette dernière et M. de
Maulévrier, elle ne pouvait convenablement se
présenter chez Caroline et lui témoigner l'intérêt
sincère dont elle se sentait animée. Bizarre chose
que les relations humaines, dans lesquelles les
meilleurs sentiments sont très souvent inexpri-
mables, et ce qui serait vrai, impossible !

Plus l'état de Mme d'Anglure empirait, plus
Mme de Gesvres, qui admirait la douce splendeur
qu'un amour naïf et grand projetait sur les derniers moments de celle qu'elle avait autrefois

protégée et défendue, souffrait de se sentir éloignée de la comtesse. Rendue à ses sentiments
naturels par ce que M. de Maulévrier lui racontait
de la mourante, elle pensait parfois qu'elle ferait
mieux comprendre à Mme d'Anglure que jamais
elle n'avait aimé d'amour M. de Maulévrier, et
que cette assurance franchement donnée mêlerait
peut-être quelque douceur aux angoisses de cette
agonie. Mais l'idée que M. de Maulévrier, qu'elle
croyait revenu de bonne foi à ses premiers sentiments pour Caroline, n'avait pu calmer cette âme
agitée et lui enlever ses doutes cruels, la retenait
toujours, et elle ne serait point sortie de cette
incertitude si M. de Maulévrier n'était venu, un
soir, la chercher en toute hâte pour la conduire
chez la comtesse qui l'avait, lui dit-il, demandée
tout à coup avec beaucoup d'insistance et d'obstination.

Elle y alla, non sans quelque trouble. En la
voyant entrer dans sa chambre, Caroline lui tendit la main de la façon familière et simple avec
laquelle elle la lui avait prise à une autre époque,
quand elle revint de la campagne pour s'assurer
du malheur de ne plus être aimée.

La comtesse était couchée sur une chaise
longue, la tête soutenue par des coussins et la
taille enveloppée dans des châles. Elle avait tous
les symptômes d'une mort prochaine, l'œil luisant, les narines creuses, la pâleur bleuâtre.

— Je vous sais bon gré d'être venue, — dit-elle

d'une voix faible, mais assurée, à la marquise
qui, quoique émue, s'assit près d'elle avec cette
absence d'embarras des femmes du monde qui
fait croire si bien à la chimère du naturel. — Je
voulais vous voir avant de mourir. Vous m'avez
été bonne autrefois, et d'ailleurs j'ai été injuste
pour vous au fond de mon cœur. Si vous avez
plu à Raimbaud, ce n'est pas votre faute; si
vous l'avez aimé, je n'ai pas su m'en défendre
mieux que vous.

— Caroline, — lui répondit Mme de Gesvres
comme au temps de leur ancienne liaison, et avec
le désir de lui causer quelque bien, — vous êtes
victime d'une illusion funeste; je n'ai jamais aimé
M. de Maulévrier.

— Oh ! — fit la comtesse en secouant la tête
avec une grâce souriante et triste, — je sais tout
et je suis résignée : n'essayez donc plus de me
tromper; vous aimez Raimbaud...

— Non, je ne l'aime pas, — interrompit la marquise avec une noble impatience et en jetant à
M. de Maulévrier un regard plein d'éclat qui
l'attestait; — je ne l'ai jamais aimé : qu'il le dise;
moi, je vous le jure. Si j'ai eu un tort avec vous,
Caroline, c'est de ne pas vous l'avoir dit plus
tôt.

— Plus tôt comme à présent, Bérangère, je ne
vous aurais pas crue, — dit Mme d'Anglure. —
Seulement, plus tôt, vous m'eussiez trompée sans
motif, et à présent, vous en avez un dont je vous

remercie. Vous voulez m'épargner du chagrin
parce que je meurs. C'est bien à vous, mais c'est
inutile ; puisque je meurs, je ne regrette presque
plus de n'être plus aimée. En le laissant derrière
moi, — ajouta-t-elle avec un regard ineffable, —
il souffrira moins.

— Mais... — dit Mme de Gesvres avec l'angoisse
de ne pas être crue.

— Mais, — interrompit la comtesse avec une
violence qui lui fit cracher le sang de nouveau, —
pourquoi cette obstination, Bérangère ? Lui aussi
m'a tenu le même langage que vous, et je ne l'ai
pas écouté davantage. Ne tourmentez donc pas
mes dernières heures par des négations et des
résistances inutiles. Si je vous ai envoyée chercher, ce n'était pas pour vous adresser des re-
proches ; c'était pour vous le confier, lui que
j'aime encore ; c'était pour vous recommander
de bien prendre garde à son bonheur ; c'était
pour que mon souvenir — le souvenir d'une
amie morte de chagrin à cause de vous deux —
ne se mît pas entre vous et n'empoisonnât pas
les relations d'une intimité que je vous pardonne,
quoiqu'elle m'ait fait cruellement souffrir.

— Ah ! malheureuse enfant, — reprit avec em-
portement Mme de Gesvres, poussée à bout par
un aveuglement si obstiné, — comment donc
faire pour vous arracher cette folle croyance,
pour vous convaincre de la vérité de mes aveux ?
Non ! je n'aime pas Raimbaud ; non ! je n'ai ja-

mais été, je ne suis pas sa maîtresse. Le monde
l'a dit, je le sais bien ; mais vous que j'ai défendue autrefois contre le monde, vous savez si je
sacrifierai jamais rien à de sots propos. Vous
connaissez mon indépendance. Aujourd'hui vous
me prouvez que cette indépendance a toujours
des dangers pour une femme. On la punit en se
méprenant sur ses amitiés. Caroline, le monde
me croit plus jeune que je ne suis ; vous aussi,
vous me jugez d'après ce que vous avez de jeunesse et d'amour dans le cœur ; mais je ne vous
ressemble pas, j'ai l'âme si vieille, si dépouillée !
Quand j'aurais voulu aimer Raimbaud, je ne
l'eusse pas pu !

Et dominée par le besoin d'être crue, que les
négations de Mme d'Anglure avaient si vivement
irrité en elle, elle se mit à lui dire sur l'impuissance de son cœur, sur le néant de sa nature,
des choses vraies, mais qui devaient demeurer
incompréhensibles pour la comtesse. Entraînée
presque hors d'elle-même, elle lui révéla ce
qu'elle était : elle le fit avec éloquence ; elle lui
montra, une par une, ce qu'elle appelait les misères de son âme ; elle lui dit ses jalousies du
bonheur des autres, du bonheur de ceux qui
pouvaient aimer ; elle se plaignit de l'ennui profond, terrible, inexorable, éternel, qui frappait
sa vie ; étala tout, s'insulta, fut vraie, fut naïve,
elle, la grande Célimène de ce temps, et nul
doute qu'elle eût fait pitié à une autre femme

que la comtesse, à une autre qu'une créature
sans intelligence et tout amour ! La comtesse ne
comprit pas un mot de toute cette triste psycho-
logie que le tact exercé de la marquise n'avait
pourtant pu retenir. Pour cette pauvre et adorable
amoureuse, dont la vocation avait été d'aimer,
comme celle des roses est de sentir bon, les paroles de Mme de Gesvres étaient et durent rester
de l'hébreu. Elle l'écouta en la regardant avec
défiance, et quand la marquise, à qui le tact revenait peu à peu devant l'incrédulité têtue de
cette femme qu'elle essayait follement de persua-
der en lui parlant une langue étrangère, s'arrêta,
vaincue et repentante d'avoir parlé, la comtesse
lui dit, avec une grande sécheresse :

— Vous avez certainement beaucoup plus
d'esprit que moi, ma chère, mais ce que vous
me contez là est incroyable, et je ne vous crois
pas.

— Adieu donc, Caroline, — fit Mme de Gesvres
sans amertume et en se levant, car cette scène
où elle s'était oubliée commençait de la fatiguer,
et elle voyait dans ces airs de pardon et de géné-
rosité, auxquels Mme d'Anglure refusait si bien de
renoncer, quelque chose de solennel et de *posé*
qui choquait vivement son bon goût et son instinct
du ridicule. Cela eût suffi pour réduire de beaucoup l'émotion que lui avait inspirée l'état de
Mme d'Anglure et son amour pour Raimbaud.
Maulévrier était resté silencieux pendant l'entrevue

20

des deux femmes. Quand la marquise se leva,
ses regards rencontrèrent les siens. Un imperceptible sourire de moquerie méprisante se joua si-
lencieusement autour de leurs lèvres à tous les
deux. Toujours spirituels et du monde, ils ne
pouvaient s'empêcher de mépriser un peu cette
passion aveugle, stupide, dramatique et dévouée,
qui ne comprenait rien et montrait la rage de
se sacrifier en mourant.

Quant à la comtesse Caroline d'Anglure, elle
expira quelques jours après, dans son illusion in-
destructible, — les croyant heureux et leur par-
donnant, — illusion torturante qui fut un démenti
donné par elle au titre du livre si vrai qu'on appelle le *Bonheur des sots*.

VII

LA VIE

Quoi! vous n'étiez pas revenu de bonne foi à Mme d'Anglure? — dit la marquise avec un indescriptible étonnement. Ils avaient repris leur place habituelle dans le boudoir de satin jonquille, et la vie pour eux recommençait de couler, sans événements, sans aventure, dans sa monotone variété.

— Non, je ne l'ai pas ré-aimée, — fit Raimbaud avec un sentiment trop triste pour qu'il s'y mêlât de l'amertume. — Ce fut bien fini entre nous du jour que je vous aperçus. Vous effaçâtes tout dans mon âme. Si j'ai affiché chez vous de l'amour pour cette femme qui méritait mieux que cette comédie, ce fut une fausseté pratiquée par moi pour exciter votre jalousie. C'était ma dernière ressource que j'employais.

— Dernière et inutile, — reprit Bérangère. — Le jour où vous vîntes dîner chez moi fut pour tous les deux un jour funeste. Pour moi, il me montrait le fond de ce cœur rebelle à tout. Pour vous, il vous ôtait une dernière espérance et vous laissait un amour... éternel, — dit-elle après avoir un peu hésité, et risquant enfin la romanesque épithète. Et comme la femme grave et compatissante se perdait toujours dans la coquette qui était si près, elle ajouta légèrement, en jouant avec les glands de sa robe de chambre : — Car, enfin, monsieur, qui pourriez-vous aimer après moi ?

— Eh ! mon Dieu, la première venue, — fit lentement M. de Maulévrier avec une majesté d'impertinence qui frappa juste sur tout cet orgueil extravasé. — Quand on n'aime plus, la première venue est plus puissante que la femme qui fut le plus follement aimée, n'eût-elle que l'attrait de la nouveauté.

— Vous traitez l'amour comme un caprice, — fit-elle furieuse. Puis, mordant ses lèvres et rattrappant le sang-froid perdu : — C'est peut-être vrai — dit-elle — quand on n'aime plus, mais...

Elle n'acheva pas sa pensée. Elle trouva plus simple de le regarder. La joie du sauvage sûr de sa proie allumait des éclairs dans ses yeux, et, la moquerie des femmes civilisées s'y mêlant, faisait de tout cela quelque chose de peu agréable à contempler.

— Et si je ne vous aimais plus ? — dit Raimbaud
câlinement, avec une voix basse et douce, et en
lui prenant la main dont il baisa les ongles rosés,
mais sans appuyer.

— Vous ! ne plus m'aimer ? — demanda-t-elle,
changeant tout à coup d'air et de contenance, et
d'un ton plus curieux que dépité.

— Plus du tout, — dit Raimbaud, avec un désintéressement infini et du naturel retrouvé.

— Bah ! — répondit-elle avec explosion ; et se
retournant vivement sur la causeuse, elle lui pré-
senta ses belles épaules, qu'elle arrondit avec bouderie, comme une objection à ce qu'il disait.

Mais, bouderie ou manège, tout fut inutile.

— Il n'y a pas de bah ! madame, — dit Raimbaud avec calme. — C'est bien vrai que le charme
est détruit : vous voudriez vainement le faire re-
naître. Ce que vous avez éteint en mon âme, vous
ne le rallumeriez pas.

— Vraiment ! — fit-elle ; et se penchant vers
lui de trois quarts, pose charmante qui lui allait à
ravir, elle lui décocha un des plus divins sourires
que la vanité d'une femme belle ait jamais inven-
tés pour répondre à un défi insolent. — Eh bien !
nous verrons...

Mais elle ne vit rien. Ce jour-là, et depuis,
elle employa toutes les subtilités de son esprit,
toutes les grâces de sa manière, toutes les ressources de son génie, tous les artifices de ses né-
gligés du matin, toutes les ivresses d'un abandon

téméraire, toutes les légèretés de flamme qui,
dans le tête-à-tête, ressemblent à des caresses
positives : M. de Maulévrier ne démentit point sa
parole. Elle ne le troubla plus. Il jouit de tout
cela comme un peintre ; il en jouit aussi comme
un fat, mais l'amant évanoui ne reparut pas. Elle
l'avait fatigué en trompant ses désirs sans cesse,
en flétrissant un à un tous les espoirs qu'il s'était
créés ; elle aurait lassé une âme de bronze, une
âme romaine, et lui, comme elle, ne pouvait ressentir que l'amour comme le monde l'a fait. Parfois, en la voyant tout risquer pour reconquérir sa
conquête perdue, l'idée lui vint de profiter, dans
les intérêts les moins distingués, des dangers auxquels elle s'exposait. Mais il était mieux qu'un fat
vulgaire ; il avait son orgueil vis-à-vis d'elle, et il
ne voulait pas qu'elle pût interpréter comme un
reste d'amour encore la tentative d'une possession
que peut-être elle eût de nouveau disputée, s'il
avait essayé d'y revenir.

Bientôt, comme il s'était lassé de l'aimer pour
rien, elle se lassa de vouloir faire revivre un
amour qui n'existait plus.

Ainsi, encore une fois, leurs relations se modi-
fièrent, mais demeurèrent aussi fréquentes, aussi
intimes que jamais, et le monde, qui avait accusé
Mme de Gesvres d'avoir *tué* Mme d'Anglure, continua de les nommer amants, quoiqu'ils ne fussent
plus que des amis.

Amis étranges, il est vrai ; singulière et triste

liaison d'un charme puissant, inexplicable et empoisonné !

Le mot qu'elle lui avait dit devint vrai.

Après elle, il n'aima plus personne. On eût dit
qu'en l'aimant il avait contracté, pour les autres,
la cruelle impossibilité d'aimer dont il avait été la
victime.

Et cependant, malgré cette épreuve, lui, pas
plus qu'elle, ne prit son parti sur soi-même et ne
sut donner à sa vie la dignité de l'indifférence, la
fierté calme de la résignation.

Avides d'un intérêt de cœur, ils osèrent le
chercher encore. Leur intimité ne leur suffisait
pas. Ennuyés, le jugement cruel, l'imagination
exigeante, ils promenèrent partout leur fantaisie,
voulant être une dernière fois heureux encore
dans l'amour avant de mourir.

Ils cherchèrent tous deux, pressés de revenir
l'un à l'autre et de se dire ce qu'ils avaient
trouvé de meilleur à aimer qu'eux-mêmes, puisqu'ils ne s'étaient pas aimés. C'était à qui de lui
ou d'elle viendrait se vanter, avec le plus d'orgueil, de ressentir enfin l'amour. Mais cet amour,
appelé par eux, expirait toujours dans le mépris
involontaire ; et ce mépris, qui venait si vite
quand ils regardaient entre les deux yeux ce qu'ils
s'étaient à eux nommé leurs idoles, ne les empêchait pas de s'en reconstruire de nouvelles,
qu'hélas ! ils abattaient toujours.

A lui, ni la beauté, ni la jeunesse, ni l'amour

même, tout ce qu'il admirait le plus, ne suffisait pour remplir sa pensée ; et quant à elle, ni l'esprit, ni la renommée, ni le génie, toutes choses qu'elle sentait mieux qu'un homme, ne pouvait longtemps la captiver.

Ils se déprenaient avec la même vitesse, ils se détournaient avec le même dégoût. Créés, à ce qu'il semblait, l'un pour l'autre, si l'un tardait à mépriser ce qu'il avait d'abord tenté d'aimer, l'autre, impatient, implacable, le poussait bientôt à ce mépris par l'ironie, l'ironie qu'ils maniaient également tous deux.

Que de fois ils passèrent de longues heures dans la nuit l'un près de l'autre, flanc à flanc, les mains enlacées, couple fait, on l'eût dit du moins, pour toutes les voluptés de la vie, mais trouvant sans cesse l'esprit qui juge où ils avaient appelé la sensation qui enivre : couple superbe et fatal ! réduit à insulter l'objet de ces amours qui ne duraient pas, et à rire entre soi des ridicules vus le matin dans le tête-à-tête; affreuse comédie qu'ils se donnaient entre quelque baiser vide, quelque sombre et vaine caresse, par dédommagement du bonheur manqué et de l'enthousiasme impossible!

Que de fois ils se dirent que pour eux il n'y avait qu'eux cependant, mais ne s'expliquant pas par quel charme l'amour qu'ils cherchaient dans les autres ils ne le rencontraient pas dans leur cœur, puisque leur seul intérêt dans le monde naissait quand ils étaient réunis !

Ils vivaient ainsi ; triste vie, sentiment sans nom parmi les hommes, relation que le monde ne comprenait pas !

Plus leur espoir d'aimer une fois encore tarissait dans leurs âmes impuissantes, plus ils se sentaient étroitement liés par ce qui ne pouvait être un lien entre eux et personne ! plus ils sentaient qu'ils n'avaient rien à se préférer !

Quand lui sortait des bras d'une femme, ne venait-il pas, avec une ardeur avide, essuyer ses lèvres à ces mains de marbre que l'amitié lui tendait, et livrer à la plus spirituelle moquerie tous ses bonheurs incomplets à flétrir !

Quand elle, plus coquette que les plus coquettes de Marivaux, avait prêté sa charmante oreille aux adorations qu'elle faisait naître, ne venait-elle pas, la bouche dégoûtée et les yeux mornes, poser sa tête lasse sur cette poitrine qu'elle n'animait plus ! Alors — on ne sait — qui pourrait assurer de telles choses ? — regrettaient-ils tous deux de n'être pas amants au lieu d'être de si étonnants amis ; et si le regret existait au fond de leurs âmes, excepté des douleurs bien désespérées, que peut-on tirer d'un regret ?...

C'est ainsi qu'ils achevaient leur jeunesse. C'est ainsi qu'ils s'avançaient ensemble vers le but suprême, la vieillesse et la mort qu'ils connaissaient déjà par le cœur, mais qu'il leur restait à apprendre par le déclin naturel de la vie, les infirmités de la pensée et des organes, et la perte de

la beauté. Ils s'avançaient étroitement unis, cons-
ternés et purs, mais de la dérisoire pureté de
l'impuissance ; et dans le néant de leurs âmes, ils
n'avaient pas, pour se consoler ou s'affermir, la
vanité de ce qu'ils souffraient. Leur bon sens faisait fi de la poésie de la douleur, comme leur
bon goût en faisait mystère. C'étaient toujours
une femme élégante et un dandy, à l'intimité desquels le monde insultait dans de jolies plaisante-
ries ; c'étaient toujours de part et d'autre la
même convenance, les mêmes manières irréprochables, cette même légèreté dans la parole,
grâce charmante qui n'appuyait jamais sur rien.
On ne pouvait guère soupçonner ce qu'il y avait
de grave, de profond, dans ces deux êtres si exclusivement occupés, à ce qu'il semblait, de
choses extérieures, et dont l'esprit, à certains
soirs, partait tout à coup en mille étincelles et en
railleries joyeuses. Mélange bizarre dont se com-
posait pour eux la vie, influence du monde et des
habitudes sur ce que les sentiments ont de plus
involontaire, et dont l'histoire d'une de leurs matinées, prise au hasard entre toutes les autres,
donnerait une idée plus exacte que l'analyse la
plus fidèle.

.   .   .   .

.   .   .   .   Un matin, le marquis de Maulévrier alla chez la marquise de Gesvres ; mais il ne la trouva pas à sa place ordinaire, dans le boudoir jonquille : elle était sortie.

Séduite par le temps qu'il faisait (on était au commencement du printemps), elle était allée s'asseoir sur un banc placé à l'extrémité d'une des
allées du jardin de l'hôtel de Gesvres. Elle tenait
un livre, et, dominée sans doute par les idées que
lui inspirait sa lecture, elle ne sentait pas le
fleuve de soleil qui tombait en nappe de lumière
et de chaleur sur sa tête nue, sur ses mains
divines dégantées, et sur des épaules que le soleil
même était impuissant à bronzer.

— Que lisez-vous donc là ? — fit Maulévrier en
s'approchant, frappé de la préoccupation de sa
physionomie.

— C'est *Lélia*, — répondit-elle, — un livre qu'ils
disent faux et qui n'est que la moitié de la vérité
de ma vie. Que serait-il donc si l'autre moitié s'y
trouvait !

Elle parlait avec une agitation presque fébrile,
les yeux durs, le front contracté, violemment
belle.

— Vous avez raison, — fit Maulévrier, qui ne
raillait plus quand il la voyait dans cet état, car
il avait appris à connaître, à ses dépens, la douloureuse pauvreté d'âme et de sens de cette femme
révoltée de n'en pas avoir davantage. — *Lélia* n'est
qu'une moitié de misère ; il en est dans le monde
de bien plus grandes et qu'on ne voit pas.

— Oui, la mienne, par exemple, — reprit-elle
avec une tristesse animée ; — oui, la nôtre, car vous
aussi vous en êtes venu où j'en étais ; en m'ai-

mant vous avez gagné mon mal, et vous n'en gué-
rirez pas plus que moi.

Mais *Lélia !* mais eux, ces artistes, ces grandes
imaginations, ces hautes pensées, — continua-t-elle
en jetant le livre qui l'avait émue et qu'elle n'aimait que comme un fragment de miroir, — ils ont
beau souffrir, sont-ils donc si à plaindre ? Si l'a-
mour leur manque, comme à nous, n'ont-ils pas
tout le reste ? S'ennuient-ils comme nous ? N'ont-
ils pas des facultés supérieures qui leur créent des
intérêts très vifs, et les défendent de l'ennui et
de la fatigue d'exister ? Quand ils n'auraient que
la faculté de parler magnifiquement ce qu'ils souffrent, cela ne les soulagerait-il pas un peu ? La
femme qui a fait *Lélia*, fût-elle Lélia elle-même,
n'a-t-elle pas eu un dédommagement, en se ra-
contant avec une telle éloquence ? N'y a-t-il pas
aussi, dans son livre, des pages qui attestent
qu'elle sent profondément les beautés de la nature ? N'est-ce pas quelque chose, cela ? n'est-ce
pas de l'amour après tout ? Et qu'importe ce
qu'on aime, si on aime ! O mon Dieu, mon Dieu,
toute la question c'est d'aimer ! Ne disait-on pas
dernièrement que cette femme qui a fait ce livre
avait le projet d'entrer dans un cloître ? Il y a
donc en elle, ou des idées qui l'exaltent encore,
ou des lassitudes qui entrevoient la possibilité d'un
repos. Mais moi, mais nous, mon ami, qu'avons-
nous ? Qu'est-ce qui nous console ? Qui occupe
notre vie ? Qu'aimons-nous ? L'idée de Dieu nous

laisse froids, la nature nous laisse froids ; nous n'avons que l'esprit du monde, du monde qui n'a pas un intérêt vrai à nous offrir, et à qui nous n'avons rien à préférer. Esprits bornés, natures finies, c'était pour nous que l'amour devait être la grande préoccupation, la grande affaire, le grand enthousiasme de la vie, et l'amour, dans nos âmes glacées, n'a été qu'une fantaisie sans émotion ou sans noblesse, et quand il s'est agi de nous, Raimbaud, — un avortement en amitié.

Ah ! maudit cœur ! maudits organes ! — ajouta-t-elle avec un mouvement de rage ; et se jetant au cou de Raimbaud, pour la première fois, naïve et hardie comme une femme aimée et heureuse, elle chercha sur les lèvres de l'homme qui ne l'aimait plus la flamme à tout jamais absente pour elle et pour lui.

— Impossible ! — fit-elle accablée en laissant retomber ses bras.

Raimbaud, qui savait l'empire des choses extérieures sur les nerfs de cette femme mobile, qu'il fallait empêcher de se replier sur elle-même de peur qu'elle n'y trouvât le vide et l'ennui, lui conseilla, après quelques moments de silence, d'aller s'habiller pour sortir. Il était fort peu moraliste, mais quand il s'agit de faire diversion aux peines de la vie pour les femmes, leur conseiller de faire leur toilette est encore ce qu'il y a de plus profond.

Elle résista ; elle voulut rester dans ses cruelles

pensées. Mais comme M. de Maulévrier sembla
l'exiger, elle quitta le jardin et monta chez elle.
Elle était partie à regret, pâle, sombre, crispée,
insoucieuse de son cou qu'elle livrait au soleil et
de sa robe mal agrafée. Elle revint souriante,
épanouie, gracieuse, mise avec le goût que Maulévrier lui savait, et portant la vie, à ce qu'il
semblait, avec une légèreté aussi fière que les
plumes blanches qui se cambraient sur son chapeau de paille d'Italie. C'était réellement une
autre femme ! Elle se rassit près de lui pour lui
faire boutonner ses gants chamois. Le fat orgueilleux, devenu sigisbé sans les profits ordinaires de
ce genre d'emploi, les boutonna avec la docilité
d'une soubrette, et, pour récompense, elle lui ac-
corda le beau privilège de poser un baiser, comme
on en donne aux petites filles, sur la raie des
cheveux partagés.

Cela fait, ils montèrent en voiture pour aller,
je crois, acheter des rubans.

FIN DE L'AMOUR IMPOSSIBLE.

LA BAGUE

D'ANNIBAL

A ROGER DE BEAUVOIR

en lui envoyant la *Bague d'Annibal*

Poète de cape et d'épée *
A qui n'a jamais résisté
Ni la Muse ni la Beauté,
Ni la Grâce désoccupée,
Thaumaturge d'amour, qui peux d'une poupée
Faire un démon de volupté !

Tu redemandes cette histoire
Qu'aux temps si fous de mon passé
J'écrivis, *un soir*, de mémoire,
Avec de l'encre rose et noire,
Et la gaieté d'un cœur blessé.

Revois ce portrait d'une femme
Dont le sourire était mortel,
Argile inaccessible aux chaleurs de la flamme,
Corps charmant, mais vide d'une âme...
C'est de la vengeance... au pastel.

* C'est le nom d'un volume de poésies de Roger de
Beauvoir.

Une vengeance... faible chose !
Qui ne rachète rien des maux qu'on a soufferts !
Elle s'énerve dans ma prose...
Mais comme un fort poison dans des parfums de rose,
Elle enivrerait dans tes vers !

J. B. D'A.

Il y a quelques années, les premières strophes de cette nouvelle parurent ; mais la publication ne fut pas continuée, par la raison qui fait tourner un portrait par trop ressemblant contre le mur. Aujourd'hui que le temps a influé ou sur le portrait ou sur le modèle, et peut-être sur tous les deux, les raisons qui firent interrompre la publication de ce conte ne subsistent plus, et nous le publions avec de nombreux changements et comme il doit rester — s'il reste.

The chariest maid is prodigal enough
If she unmasks her beauty to the moon.

S H A K E S P E A R E

Une fille prudente est déjà assez
coquette, si elle permet à la
lune de considérer sa beauté.

A mon ami G.-S. TRÉBUTIEN

conservateur-adjoint de la Bibliothèque de Caen

L'amour donne une bague : pourquoi l'amitié n'en donnerait-elle pas une aussi? Voici la mienne, mon cher Trébutien. Je vous l'offre comme un souvenir d'amitié et des jours qui ne sont plus; — des jours où cette bagatelle fut écrite à la clarté de votre sourire bienveillant et à la douce chaleur de votre approbation.

Je regrette qu'il n'y ait pas du génie là-dedans, pour que ce soit plus digne de vous ; mais les amis sont comme les plus belles filles du monde, qui ne peuvent donner que ce qu'elles ont. Ce que j'ai surtout et ce que je vous donne, c'est une affection vraiment fraternelle, que je puis bien attester ici, mais exprimer comme je la sens, jamais !

A vous,

Jules-A. BARBEY D'AUREVILLY

LA BAGUE

D'ANNIBAL

I

... Pourquoi ne vous dirais-je point cette histoire, madame ? Vous êtes trop spirituelle sans
doute pour n'avoir pas des moments d'ennui
comme une sotte : — car les gens d'esprit de
cette intéressante époque ont volé aux sots la
faculté de s'ennuyer, qu'ils possédaient seuls autrefois. — Eh bien, si cette histoire vous trouve
dans un de ces moments terribles, tant mieux

pour elle, en vérité. Ne valût-elle rien, elle vau-
dra quelque chose si elle interrompt vos ennuis.
Pour moi, je l'ai écrite, madame, dans la situation où je voudrais que vous fussiez pour la lire,
et que Byron se rappelait sans nul doute quand
il disait, dans ses Mémoires, qu'écrire *la Fiancée
d'Abydos* l'avait empêché de mourir.

II

C'est aussi l'histoire d'*une fiancée*, — mais mon poème est moins idéal que le sien, — l'histoire d'une fiancée, une pure fiancée, qui devint... — Mais pourquoi le dire ? Lisez toujours, et vous le saurez. J'ai passé toute ma journée au coin de mon feu à écouter la pluie battre aux fenêtres, et ce soir, je suis resté sans lumière longtemps à regarder les lueurs du foyer danser au plafond comme des spectres, chose fort peu réjouissante pour un être aussi mélancolique que moi. Je pouvais sortir, aller dans le monde ; mais il eût fallu s'habiller, cette grande affaire de la vie ! Et le monde, malgré toutes ses joies, est encore plus triste pour moi que la solitude. Je n'avais donc que la ressource du cigare et du thé ; mais l'un me donne des nausées et l'autre m'alourdit la tête et me noie le cœur — ce cœur qu'il faut, hélas ! toujours finir par repêcher. — Ce n'était donc pas une ressource. J'étais perdu, si je n'avais pensé qu'une histoire à raconter m'irait à ravir.

III

Et je vous ai prise pour mon *audience,* madame, comme dit Bossuet, vous, et vous toute
seule, qui me prêteriez votre blanche oreille, si
je vous en demandais le tuyau ; mais je n'ai point
une telle exigence. Je ne vous imposerai pas la
nécessité d'écouter mon histoire. Prenez-la, lais-
sez-la, oubliez-la ou rêvez-y. Je ne parle pas,
j'écris, et vous resterez libre. Pour moi, les mobi-
lités de la femme sont saintes, et je ne crois plus
qu'en la divinité du caprice. Seulement, si vos
yeux ne tombent pas ici, vous ne saurez jamais
qu'un soir où peut-être vous étiez dans le monde,
parée, souriante et coquette, vous n'aviez pas —
pour moi — quitté votre chambre, et qu'en pa-
pillottes et en peignoir, les pieds au feu, sur la
même causeuse, la lampe derrière nous, vous
m'écoutiez. Plaisirs innocents de la poésie, valez-
vous une réalité ?

IV

Il y avait à Paris, dans cet hiver-là, une jeune femme — mais on ne savait si elle était fille ou veuve — qui était bien le plus joli petit phéno- mène qu'il fût possible d'imaginer, même avec beaucoup d'imagination. Comme il faut un nom à toute force, je l'appellerai madame d'Alcy — José- phine d'Alcy. — Joséphine est un nom qui, de toute éternité, fut inféodé à ces femmes dont madame d'Alcy était le type, hélas! trop achevé. J'en sais une surtout, — mais pourquoi médire? — j'en sais une qui, si elle lisait cette histoire, croirait peut-être que j'ai voulu tracer un portrait. C'est la manie de tant de femmes, de croire qu'on pense à elles toujours!

V

Joséphine d'Alcy avait vingt-sept ans, à ce qu'il
semblait : car qui fut jamais sûr de l'âge d'une
femme ?... Elle n'était ni belle ni jolie, disaient
les femmes qui la rencontraient ; mais elle avait
des choses *fort bien ;* manière de convenir de ce
qui était désolant et irrésistible, aveu qui par
sait désintéressé ! Quoi qu'il en soit, ce juger
était plus vrai que mille autres prononcés par ces
dames, et contre lesquels nous, les bronzés de
l'indifférence, ne nous sommes jamais révoltés,
quoiqu'ils nous parussent d'une impartialité un
peu suspecte.

VI

Joséphine n'était donc ni belle ni jolie... Mais on sentait que, deux jours après l'avoir vue, on pouvait l'aimer comme un fou. Elle s'enfonçait doucement dans l'imagination, et puis elle y restait. Elle ne produisait jamais cette mystérieuse sympathie qui s'établit tout à coup entre deux êtres comme un courant électrique, magnétisme secret et caché, le *coup de foudre* du dix-huitième siècle. — Non! Elle commençait par laisser froid ou déplaire ; mais, à la voir un peu davantage, elle déplaisait déjà moins — et enfin — enfin l'amour éclatait plus fort de tout le temps qu'il avait mis à naître. — J'ai toujours cru les êtres impressifs à la façon de Joséphine plus dangereux que ceux qui produisent l'ivresse nerveuse au premier regard.

VII

Elle était blonde, cette *seule* couleur de la jeunesse ; car, malgré l'acte de naissance, toute femme brune ne fut jeune jamais. — Elle était blonde. — Dernièrement, j'ai rencontré, madame, une femme blonde aussi, comme Joséphine, qui, certes, aurait embarrassé le plus habile coloriste, s'il se fût agi de la peindre. Or, ce qu'il eût manqué, je ne l'essaierai pas. C'était, comme sculptée par un procédé surhumain, et vivante, l'irisation qu'un soleil de printemps fait étinceler sur des feuilles nouvellement dépliées. Elle ressemblait, par la couleur, à ce qu'est la ligne courbe, toujours ondulante, jamais perdue, sur le marbre de la Vénus de Médicis. A l'ovale de ses joues, à ses épaules, aux tempes, dans les racines de ses blonds cheveux, il y avait, pâlissant parfois, mais éternellement distincte la couleur dorée dans laquelle les vertes feuilles du bouquet qu'elle tenait dans ses mains d'ambre étaient trempées... Quelle substance était-ce que cette femme ? Je ne sais. Elle me faisait peur, quoiqu'elle fût charmante. En s'approchant d'elle, on l'eût respirée, peut-être fanée... Son amant doit craindre, chaque matin, d'avoir à la mettre dans son herbier.

· VIII

Joséphine n'était pas de ce blond étrange, in-saisissable, tout semblable à l'or mystérieux versé par l'aile d'émeraude de la cantharide ! — Le reflet fauve de ses cheveux s'éteignait sous une nuance gris de perle. Il n'y avait en elle rien de printanier, de vif, d'étincelant et de frais. Son front, légèrement bombé — marque d'un carac-tère opiniâtre — ainsi que son cou et ses épaules, ressemblait à de l'ivoire un peu jauni. Ses yeux étaient d'un bleu orageux comme la mer, les veilles de tempête, couleur indéterminée, mais sombre, entre l'olive et le violet ; on n'aurait pu saisir l'âme au travers. Sa lèvre, dont les dents rompaient à chaque instant les veines, — habi-tude de coquetterie à la Pompadour, ou peut-être passion réprimée, — était malade et épuisée ; mais son sourire n'exprimait jamais ni désir, ni tendresse, ni mélancolie, cette sainte trinité du sourire des femmes ! Quand je la regardais, je ne pouvais m'empêcher de penser au Sphinx.

Que de fois j'eus la tentation de palper cette taille longue et gracieuse, pour voir si quelque aile de griffon n'était pas cachée dans le corsage, tandis que mon œil poursuivait aux bords de la robe flottante la pointe d'un pied qui se moquait de la fable, et qui disait que le Sphinx était une femme de partout.

24

IX

O femmes ! femmes ! vous êtes toutes plus ou moins hypocrites. Mais les gens d'esprit les plus fins sont assez aimables pour n'avoir pas le moindre doute en présence des tartuferies de deux beaux yeux noirs ou du machiavélisme d'un joli sourire. Alors, on se repose dans l'erreur comme dans la vérité ; et je crois même le repos dans l'erreur beaucoup plus profond. Eh bien, c'était cette sécurité dans la duperie, cette franche illusion sans arrière-pensée que Joséphine n'inspirait jamais. Elle ne trompait point par un sentiment d'emprunt ; mais le sentiment qu'elle exprimait était-il le sien ? Question à embarrasser les plus habiles ! Elle produisait toujours le doute, elle transpirait l'anxiété. On ne savait à quoi s'en tenir avec cette étrange créature dont les souvenirs étaient des hiéroglyphes, et les pensées qui apparaissaient de temps en temps dans ses yeux, aussi problématiques que les taches dans le soleil et les linéaments bleus qui veinent la jaune couleur de la lune.

X

Ah ! par tous les dieux immortels, pour nous, observateurs à lorgnon carré et à gants blancs, qui courons, autour de ces âmes de femmes, la bague de leur pensée secrète, — imperceptible anneau qui désespéra souvent notre merveilleuse adresse, — Joséphine était un problème d'imagination transcendante, l'inconnu à dégager d'une équation formidable. Ce mystificateur suprême, qu'on prit soixante ans pour un homme de génie, ce composé d'un joueur de whist et d'une vieille femme, sous les airs indolents d'une vipère endormie, M. de Talleyrand lui-même, eût été plus facile à pénétrer.

XI

Car *qui* était-elle, ou *quoi* était-elle?... personne
ou chose? chair ou poisson? démon ou ange? ou
le nœud gordien du démon et de l'ange, simple-
ment femme, ce *jour-et-nuit* dans la grande mas-
carade de la vie?... J'eusse été le grand Newton
lui-même, que j'aurais donné mon système de la
gravitation pour le savoir.

XII

Et, voyez-vous, je n'étais pas le seul à penser
ainsi. Joséphine excitait une curiosité extrême.
Son caractère échappait à tous comme sa vie. Bien
des gens prétendaient la connaître ; mais, quand
ils avaient dit cela, les pauvres gens avaient tout
dit. Quelle était sa famille ? D'où venait-elle ?
Qui diable pouvait se vanter d'avoir rencontré
M. d'Alcy ? Comme le Nil, elle cachait son origine dans une nuit profonde ; mais cette nuit ne
faisait à personne l'effet d'être la nuit du temps.
C'était une rareté toute moderne. On la disait
plus astucieuse que spirituelle. Cependant son
langage était agréable, surtout quand il commençait à tarir. C'était une espèce de *bas-bleu*, comme
on en voit tant à présent. Seulement le bleu du
bas était bleu *céleste*, un azur doucement mitigé.
Il n'y avait que les jarretières dont on ne sût pas
la couleur.

XIII

Elle parlait beaucoup, d'une voix vibrante; le
rose lui montant bientôt aux joues et s'y fonçant
jusqu'à l'écarlate, qui tranchait brusquement dans
le mat de la peau. Elle parlait beaucoup, des
heures entières, en regardant ses petites mains
déliées et dont les poignets étaient d'une telle
délicatesse, qu'on eût pu trembler de les voir se
détacher avec ses bracelets, quand elle les ôtait.

XIV

Mais que disait-elle? Des riens charmants, des choses cruelles et communes, ce que le monde lui avait appris. Elle débitait toujours une leçon de ce catéchisme des salons qui renferme tout le secret de la moralité des femmes ; car on a souvent des principes comme un boudoir — pour se cacher. De sorte qu'excepté l'agrément d'une médisance, l'élégance de la phrase, peut-être un peu quintessenciée, il est vrai, et le timbre aristocratique de la voix, je l'aurais aimée autant muette. En effet, une femme qui parle n'est qu'une femme qui parle, après tout. Mais une femme muette, c'est presque une statue, une statue sans ses désavantages, — le froid du marbre, la monotonie de la pose et les autres inconvénients.

XV

Et d'ailleurs, pour ce qu'elles disent, qu'importe? Quand un gosier de talent chante, qui
songe à écouter autre chose que le gosier? Qui
songe, par exemple, aux paroles de M. de Jouy,
l'illustre auteur de *la Vestale?* Les femmes qui,
musique à part, roucoulent assez bien, en la va-
riant, leur partition de vestale qu'elles ont toutes,
plus ou moins, à jouer en public, les femmes ne
tiennent qu'aux sons qu'elles filent. Dans ce que
le monde leur apprend, hélas! y a-t-il mieux que
les trivialités doucereuses d'un style d'Opéra?
Excepté pour vous, madame ma lectrice, n'est-ce
pas toujours le même fonds de sottises avec la
seule différence des voix?

XVI

Et cependant — pourquoi ne pas l'avouer? —
il y avait une espèce de dissonance entre la voix
de Joséphine et les paroles qu'elle répétait le
plus. Pensait-elle vraiment ce qu'elle disait? Doute
éternel, quand il s'agissait de cette femme, doute
fatal qui revenait toujours! Et si elle ne le pensait pas, pourquoi le disait-elle? Mais ceci est un
abîme. Les motifs des femmes pour tromper,
elles-mêmes les connaissent-elles bien?...

XVII

Mais Joséphine ne trompait pas. — Encore une fois, elle embarrassait. Si elle avait voulu tromper, elle aurait accompli aisément cette chose facile. Elle n'aurait point eu cet ironique et fugitif sourire aux lèvres, quand elle parlait des devoirs des femmes et de leur destination ici-bas, d'un style — elle avait du style dans ces moments-là — à faire honneur à miss Edgeworth elle-même. Elle n'aurait point eu ce regard plus moqueur encore que son sourire, et cet abaissement de paupières plus moqueur encore que son regard !

XVIII

Elle avait lu madame Necker de Saussure, et
elle en tirait bon parti. Bien des maris juraient à
leurs femmes qu'elle eût été une excellente institutrice, si le hasard l'avait placée dans une condi-
tion secondaire; mais les femmes avaient leurs
raisons pour n'en pas tout à fait convenir. Et
pourtant sa moralité était grande, à ce qu'il semblait, et *ses talents* — comme l'on dit — étaient
plus nombreux qu'il ne convient à une femme du
monde. On eût pensé qu'elle avait été douée par
les Fées, si les Fées n'étaient des besoins! Elle
peignait sur ivoire, elle peignait sur émail, elle
peignait même sur vélin quand elle faisait à ses
amies, en pattes de mouche délicieuses, la des-
cription de ses sentiments. Elle improvisait sur le
piano, comme Corinne eût improvisé si le piano
eût été à la mode du temps de Corinne. Enfin,
elle réussissait dans toutes les petites jongleries
d'une société aussi avancée que la nôtre, avec la
supériorité d'un jongleur indien ou chinois parmi
ses intéressants compatriotes.

XIX

Elle plaisait beaucoup aux vieilles femmes; mais les jeunes l'aimaient un peu moins, — chose qui ne saurait paraître étrange, probablement parce que les vieilles femmes n'étaient pas les seules à qui elle plaisait. — Celles-ci la défendaient en toute rencontre contre ces aimables insinuations qui se glissent plus cauteleusement encore que les conseils du serpent dans l'oreille d'Ève! mais, comme les insinuations de ces charmantes Èves, à leur tour, dans l'oreille de ces bons serpents, bien moins déliés qu'elles. En effet, en attendant la première faute de Joséphine, on la proclamait une coquette. Dilemme à l'usage de ces dames! si l'on est sage, on est cruelle et froide; et si l'on a pitié, on est perdue.

XX

Perdue? — Oui! traînée sur la claie de toutes
les conversations, déchirée par toutes ces hyènes
de vertu qui vivent des douleurs infligées à une
pauvre femme amoureuse et imprudente, qui
lèchent ses larmes et les trouvent bonnes, et boi-
raient le sang de son cœur dans leur appétit car-
nassier de réputations. Joséphine craignait-elle
ces femmes implacables? Shakespeare a dit, je
ne sais où, que le mal qu'on dit de nous est une
culture; mais Joséphine entendait-elle aussi cou-
rageusement la sienne? Était-ce lâcheté qui l'empêchait d'être entraînée? ou la froideur naturelle
de cette jolie femme, vrai glacier, dont le mari
disait, en jetant au nez de ses amis la clef de sa
chambre : « Allez voir plutôt! » Quoi qu'il en
soit, on ne pouvait lui reprocher une fausse dé-
marche; et cependant, des milliers d'yeux d'aigle
pour la férocité épiaient sa conduite dans tous
les sens. Mais de son collier de bonne renommée
pas une seule perle n'était défilée encore.

XXI

Je ne sais pas comment elle s'y prenait avec
les hommes; mais toujours on lui parlait d'amour
ou sur l'amour — ce qui est souvent la même
chose. — Du moins, moi qui vous raconte cette
histoire, madame, j'étais comme le cercueil de
Mahomet, attiré à la voûte du temple. Je revenais toujours à ce sujet de conversation. Elle me
contredisait dans mes théories et j'ai cru (mais
est ce une illusion?) qu'elle n'agissait ainsi que
pour les exalter davantage.

XXII

Et lorsque j'étais au plus fort de mon éloquence et de mes preuves, qu'en vérité il y avait assez pour faire mourir une femme faible et naturelle-ment passionnée, comme Sémélé sous la présence du Dieu foudroyant qui la consuma, elle n'était pas du tout émue; elle n'avait ni larmes, ni ten-dres sourires, ni rêveries éperdues, ni regards mi-clos, ni rougeurs subites et évanouies! Seule-ment, mon amour-propre dépité (les gens vexés se paient comme ils peuvent) constatait alors qu'il s'exhalait du front bombé sous les onctueux cheveux gris de perle, une espèce de tiédeur humide, une transpiration d'ardent désir. Mais ce n'était là qu'un mirage qui, comme tous les mirages, n'existait que par la distance. Car si, attiré par ce que je voyais, je me rapprochais un peu d'elle, elle savait reculer son fauteuil avec une splendeur de pruderie qui eût fait la réputation d'une anglaise, et le mirage s'en retournait... au pays des songes, d'où il était venu.

XXIII

Jamais les plus audacieux d'entre nous ne sentirent, en dansant avec elle, sa petite main trembler dans la leur ou répondre à d'éloquentes pressions par une plus tendre et plus affaiblie... Quand elle valsait, peut-être était-elle plus humaine. Elle n'avait pas la tête si forte qu'elle pût résister à ce tournoiement infernal qui la fait perdre à des derviches.... et à tant de femmes qui ne tournent pas, il est vrai, de cette diabolique façon, pour le pur et simple amour de Dieu. Mais, comme les vierges de province, Joséphine ne valsait jamais.

XXIV

Impatientés encore plus qu'impatients, nous re-
gardions, cet hiver-là, à l'orient et à l'occident
de tous les salons, pour découvrir celui que nous
attendions comme un Messie! celui dont le front
de prédestiné devait porter l'étoile mystérieuse
qui devait fasciner Joséphine. Nous étions un
bataillon sacré d'observateurs de premier ordre,
de ces fiers jeunes gens qui jouent encore à la
fossette après vingt-cinq ans, mais qui deviennent, si Dieu leur prête vie... ou autre chose,
des moralistes ou des ministres d'État, et, malgré nos sagacités prodigieuses, nous ne voyions
point apparaître ce front radieux sur lequel nous
eussions arboré les banderolles de la vengeance!...
à moins pourtant que ce n'eût été — et pourquoi
pas? — le front luisant et couronné de cheveux
argentés de l'honorable M. d'Artinel.

26

XXV

M. d'Artinel... Baudouin d'Artinel, je crois, —
oui, c'est Baudouin qu'il s'appelait... ou d'un nom
à peu près pareil et qu'on s'étonnait toujours de
voir accolé à un tel personnage, — M. Baudouin
d'Artinel était un homme grave et respectable,
jouissant au plus haut degré de l'estime publique,
conseiller en Cour royale ou juge, — je ne sais
plus trop lequel, — ayant passé trente ans de sa
vie, au su de tout le monde, à faire trois enfants
à sa femme et un nombre illimité de rapports.

XXVI

Il avait donc été marié; mais sa femme était
morte. Il l'avait pleurée — convenablement : car
on disait que son mariage avait été autrefois un
mariage d'inclination. Mais le temps tue la douleur sur le cadavre qu'elle fait, et d'ailleurs un
conseiller en Cour royale ne peut décemment
pleurer toujours. Cependant il n'avait point déposé l'air mélancolique, et souvent il aimait encore à glisser de ces mots qui résonnent si bien
dans l'oreille des femmes, quand il voulait faire
allusion à des chagrins ineffaçables et à un cruel
isolement.

XXVII

Soit que Joséphine l'eût séduit avec son bavardage de robes ou de chiffons, — ou par ses grands mots de vertu ou d'estime publique, de sentiments purs et doux, le vénérable conseiller recherchait avidement l'inexplicable créature. Peut-être le mariage et les peines qui en avaient été la suite ne l'avaient point assez maltraité pour qu'il ne s'aperçût pas des agréments extérieurs de madame d'Alcy. C'était une nature double et indécise, moitié vieux fat, moitié sentimental ; et c'est ainsi qu'en louvoyant entre ces deux manières d'être, il avait passé autrefois pour un homme à bonnes fortunes.

XXVIII

Mais, à présent, ce n'était plus qu'un galant usé :
il avait beau faire empeser ses cravates et ouater
ses habits, il ne pouvait cacher les outrages des
années et les fatigues du cabinet. Ce n'était pas
César ; mais César lui-même n'avait jamais été
plus chauve. Cependant il n'avait pas perdu ses
dents, et, à tout prendre sans détailler, c'était un
homme bien conservé.

XXIX

Lorsque Joséphine arrivait quelque part, on pouvait croire que M. d'Artinel suivrait bientôt. On l'avait d'abord remarqué, puis on avait fini par s'en taire, comme il arrive toujours : — l'habitude fatiguant la médisance, inconstante personne qui veut chaque jour des sacrifices nouveaux, comme ces divinités du Mexique auxquelles il fallait chaque matin une nouvelle victime humaine.

XXX

Mais cette médisance, il l'avait bravée mieux qu'on n'aurait dû s'y attendre ; car c'était un homme soumis à l'opinion comme à l'étiquette : un magistrat qui ne plaisantait point et qui tenait fort à la considération dont il avait le bonheur d'être entouré, comme il le disait lui-même avec un sourire d'une orgueilleuse mansuétude. Seulement, peut-être trouvait-il que Joséphine valait cette considération pour laquelle il avait tout fait, et se sentait-il (sur leurs vieux jours les hommes s'oublient) disposé, en faveur de Joséphine, à se moquer de l'opinion — cette reine du monde, sacrée par la lâcheté de ses esclaves, — dont il avait été toute sa vie le très humble et très obéissant serviteur.

XXXI

Et cependant, — je vous en ai déjà averti,
madame, mais j'insiste sur ce point davantage,
— Joséphine n'était pas une femme supérieure,
une de ces femmes, filles de nos rêves, sirènes qui
font aimer l'écueil sur lequel elles nous brisent !
irrésistibles créatures auxquelles on sacrifierait
si bien le sang de son cœur et le bonheur de sa
vie. — Hélas ! je ne songe pas que souvent ce
serait là un assez pauvre sacrifice.

XXXII

Non ! c'était un être prétentieux — une minaudière — qui se croyait la grâce en personne, — bonne raison pour qu'elle ne le fût pas, — une avalanche de grands mots, de non-sens et d'étourderies, ayant au suprême degré ce que les femmes ont toutes par droit de naissance et de sexe : une immense faculté d'être fausse — mais elle ne l'était pas — et surtout le plus joli corsage long et cambré. Je la comparerais à une guêpe, si la comparaison n'était usée, — une guêpe qui n'avait pas cessé d'être femme, quoiqu'elle eût conservé son aiguillon.

27

XXXIII

Pauvres avantages que tout cela... excepté
le corsage de la donzelle, svelte fuseau sur lequel l'amour dévidait vainement, à ce qu'il semblait, ses plus doux rêves. Pauvres avantages que
tout cela ; et cependant tout cela eût suffi pour
culbuter bien des philosophies et troubler la glo-
rieuse monade de Leibnitz lui-même... Mais
Leibnitz était fort lascif, je le tiens de mon maître
d'allemand très versé en la biographie ; il nous
faut donc choisir un autre exemple : — eh bien!
pour troubler celle de M. Baudouin d'Artinel,
qui n'était pas un Leibnitz, je vous assure.

XXXIV

Mais, soit qu'il eût appris à maîtriser ses penchants ou qu'il eût lu dans nos ouvrages modernes que les sentiments profonds rendent sérieux, soit que ce fût l'habitude du juge plus puissante que tout le reste, si M. Baudouin d'Artinel était amoureux de Joséphine — comme quelques uns le pensaient — il conservait toujours dans le monde son sang-froid et sa gravité un peu dolente. Seulement, il y avait alors une femme d'esprit, que j'ai connue, qui faisait toujours danser à cette gravité-là une jolie petite sarabande sur des charbons allumés, quand elle l'appelait le modèle des époux et des pères, et qu'elle lui parlait des hautes qualités de sa femme et des regrets qu'il en conservait.

XXXV

Quant à Joséphine, elle était pour M. d'Artinel ce qu'elle était pour nous tous dans le monde.
On ne pouvait l'accuser d'une petite mine de
plus ou de moins avec lui, quoiqu'elle se fût bien
aperçue, sans doute, qu'elle intéressait au plus
haut point le vénérable conseiller. Les femmes,
quand elles nous intéressent, n'ont-elles pas toutes
un divin moniteur qui leur parle de nous tout'
bas, une espèce de génie, comme celui de Socrate ; — mais qui, comme celui de Socrate, ne
conseille pas précisément la sagesse. — Joséphine
acceptait sans trouble les discrets hommages de
M. Baudouin d'Artinel. Il est à croire même
qu'elle eût été la meilleure amie de sa femme,
si madame d'Artinel eût vécu. Du moins, elle et
lui, quand ils en parlaient, se le disaient-ils l'un
à l'autre.

XXXVI

Car ils en parlaient quelquefois. — Ils en parlaient depuis le jour où M. d'Artinel avait risqué
l'éloge d'une femme qui, en mourant, avait emporté avec elle toutes ses affections, à lui, —
ces affections qui, depuis qu'il connaissait Joséphine, ne demandaient plus qu'à revenir ! Ce
jour-là, il avait remarqué avec espoir l'attendrissement de Joséphine. Les pleurs qu'il crut voir
dans ses yeux étaient peut-être le résultat de
quelque bâillement étouffé ; mais quoi qu'il en
pût être, elle et lui, depuis ce jour-là, avaient,
dans leurs conversations mélancoliques, effeuillé
un nombre infini de scabieuses. C'est parfois un
excellent moyen de se faire aimer que de regretter une femme morte ; et qui sait si M. d'Artinel,
avec son expérience de la nature des femmes,
n'avait pas pensé que la sienne pouvait lui être,
auprès de Joséphine, d'une aussi précieuse uti-
lité ?

XXXVII

Or, un soir, chez madame de Dorff, Joséphine causait comme à l'ordinaire, — en regardant ses jolies griffes couleur de rose, que la brosse et le citron avaient lissées avec tant de soin. Il y avait beaucoup de monde dans le salon. Elle était assise contre le rideau de la fenêtre, un rideau de soie bleuâtre dans les ondes duquel elle noyait sa tête blonde et cendrée. — Ses lèvres remuaient comme les cordes de la harpe quand elles sont pincées par une main rapide.

XXXVIII

Mais on n'entendait pas ce qu'elle disait. Pour la première fois, elle ne parlait plus d'une voix haute et métallique ; — soit que sa voix fût perdue dans le bruit des conversations qui se faisaient alors autour d'elle, soit qu'elle voulût cacher à tous ce qu'elle ne disait qu'à un seul.

XXXIX

Car elle parlait à un seul, — un seul qui la
regardait, penché sur le bras de son fauteuil,
comme Napoléon dut sans doute regarder une
carte de Russie avant sa malheureuse campagne.
Elle, toujours disant, ne faisait que poser à la
surface du regard de celui qui l'écoutait, l'extrémité des rayons vagues et mobiles des siens ; —
un de ces regards qui effleurent, qui rasent et ne
se fixent jamais. Au sommet du triangle dont ces
deux personnes formaient la base, à l'angle de
face du salon, se trouvait M. d'Artinel.

XL

« Pourriez-vous me dire, » — me demanda-t-il
avec un air plus ridicule qu'il n'est permis à un
conseiller de l'avoir, — et pourtant Dieu sait
avec quelle munificence fut accordée cette permission à tous les jurisconsultes de la terre ! —
« pourriez-vous me dire quel est ce monsieur à
qui madame d'Alcy parle en cet instant, à l'autre
extrémité du salon ? »

28

XLI

Je regardai. — « Ce monsieur, comme vous
dites, monsieur, » — lui répondis-je, — « s'appelle
Aloys de Synarose. Tout ce que j'en sais se réduit à de bien légers détails : il a de l'esprit,
mais cet esprit est un peu gâté par l'affectation,
les manières d'un fat, et, dit-on, une très mauvaise tête. » — Et je saluai M. d'Artinel, qui
répéta : « Une très mauvaise tête ! » sans me
rendre le salut que je lui faisais.

XLII

Oh! oh! — dis-je en moi-même, — monsieur
d'Artinel, monsieur Baudouin d'Artinel, seriez-
vous jaloux?... — Et je toisai l'Othello de la Cour
royale, avec sa cravate blanche qui ne faisait pas
un pli et son habit noir du plus beau lustre. —
Est-ce que vous seriez atteint de cette passion
pittoresque ?

XLIII

Oui, il était jaloux; — il était jaloux, atroce supplice! — Il était jaloux sur moins qu'un mot, qu'un signe, qu'un air! Il était jaloux sur un rien, comme on est jaloux, fût-on juge comme il l'était, et comme il aurait été jaloux encore, eût-il été une Cour de justice à lui tout seul! — Un pressentiment terrible avait passé — sous son irréprochable gilet de piqué — comme une trombe; il avait blêmi tout à coup; son nez avait remué d'une façon formidable, comme s'il eût eu quinola dans son jeu au reversis. — Il était jaloux, c'était sûr! Malgré la dignité habituelle de sa pose, il n'imposait pas autant qu'Ali de Janina, quand sa moustache se hérissait de fureur; mais il est certain que les quelques cheveux gris qui dessinaient sur son occiput une pâle et idéale couronne, se seraient hérissés à la vue d'Aloys, s'ils n'avaient été trop enduits, ce jour là, d'huile de Macassar.

XLIV

C'était le jugement du monde sur Aloys que j'avais dit à M. Baudouin d'Artinel. Et pourquoi lui en aurais-je dit davantage ? M. d'Artinel n'avait-il pas les idées du monde ? Ne tenait-il pas à la considération que le monde dispense ? N'était-ce pas un enfant du monde, devenu l'un de ses docteurs ? N'était-il pas un de ces éléments dont le nombre, pour faire un public, embarrassait Beaumarchais ? Passé l'épiderme, voyait-il l'homme ? Et l'homme, c'est presque toujours l'écorché !...

XLV

Mais le monde est un vieil aveugle qui prétend
voir, et qui prend, avec un sang-froid imperturbable, perpétuellement le noir pour le blanc. Le
monde, c'est Brid'oison en personne — un conseiller aussi, comme M. Baudouin d'Artinel, —
appliquant à tort ou à travers les règles d'une
jurisprudence homicide. Le monde, c'est l'imbé-
cillité multipliée par elle-même et élevée à sa
plus haute puissance. Car il n'y a que les idiots
qui ne sentent rien défaillir dans leurs entrailles
quand ils égorgent, et le monde égorge si souvent !

XLVI

Voilà le monde ! Oh ! tenez-vous loin de lui,
vous tous qui avez un cœur à déchirer et une
fierté à faire souffrir. Vous, madame, qui lisez
ces lignes, vous l'aimez peut-être beaucoup et
vous ne le connaissez pas ! Hélas ! moi, je l'ai
connu de bien bonne heure. Il n'y a pas une
pauvre marguerite de ma jeunesse sur laquelle il
n'ait bavé son venin. Il n'y a pas une de mes
joies qu'il n'ait empoisonnée à la source. Il s'est
attaché aux êtres que j'aimais, parce que je les
aimais ; il les a frappés parce que je les aimais ;
et il m'a fallu assister à ce spectacle, muet, garrotté et sans vengeance.

XLVII

Oui, garrotté par les convenances de ce monde, par les lois de ce monde sans cœur ; obligé de feindre un front serein, mordant mon cœur jusque sur mes lèvres, et le ravalant dans ma poitrine quand il allait s'en échapper ; buvant mes larmes au dedans, amer breuvage ! Car je n'avais pas, comme Achille, de bords lointains, une tente sur quelque rivage, le vaste sein de l'Océan ou d'un ami, de ma mere Thétis ou de Patrocle — pour les cacher.

XLVIII

Mais l'orgueil était la colonne où je m'adossais... le poteau auquel *ils* m'avaient lié, et qui m'empêcha de fléchir. Comme Jésus, dans la flagellation sanglante, je ne tombai pas sous leurs coups ; mais, comme lui, je ne leur renvoyai point des paroles de miséricorde. — Et vous, les saintes Sébastiennes de ce monde, les martyres de votre amour pour moi, je pressai vos seins déchirés sur mon sein déchiré, plus précieusement, plus étroitement encore, comme si les flèches qui vous avaient percées avaient pu se détacher et se retourner sur mon cœur *seul*.

29

XLIX

Le monde disait donc d'Aloys qu'il était un fat, — un de ces êtres secs comme la peau dont leurs gants sont faits, — une espèce de Lauzun qui se serait fait ôter ses bottes par des mains de princesse, s'il y avait encore de ces mains-là ! Seulement, tout fat qu'il fût, le monde respectait sa fatuité parce qu'elle était accompagnée de la plus effrayante faculté d'ajuster l'épigramme. En fait de ridicules, Aloys tirait la bécassine avec des balles de gros calibre. Par conséquent, *c'étaient*, quand il s'en mêlait, d'épouvantables hachis ! « Quelle amusante peste ! » disaient les femmes les plus courageuses, que sa conversation intéressait tant qu'elles n'en avaient peur que par réflexion. Est-ce pour cela — ou parce que Rivarol portait un habit rose, qu'elles l'avaient surnommé Rivarol II ?

L

Mais j'ai lu quelque part que Rivarol était beau,
et que c'était la moitié de son prodigieux esprit...
pour les femmes. Or, Aloys n'avait pas été si
magnifiquement doué. Il était laid, ou du moins
le croyait-il ainsi. On le lui avait tant répété dans
son enfance, alors que le cœur s'épanouit et que
l'on s'aime avec cette énergie et cette fraîcheur,
vitalité profonde, mais rapide, des créatures à
leur aurore !

LI

Alors que sa mère elle-même, sa tendre mère, c'est-à-dire celle qui ne voit rien des défauts de ses enfants à travers l'illusion sublime de sa tendresse, l'avait raillé sur sa laideur comme eût pu le faire une marâtre ; alors qu'elle trouvait ses baisers moins bons, parce qu'il ne ressemblait pas à l'image désirée qu'elle avait rêvée longtemps : immatériel amour, que cet amour maternel ! — N'est-ce pas Chateaubriand qui en a conclu l'immortalité de l'âme, comme si, dans tous les cas, du reste, toute l'espèce humaine avait porté des jupons !

LII

Or, ces premières impressions sont si obstinées, elles s'enfoncent dans certaines natures à des profondeurs si grandes, qu'elles y restent à jamais, comme ces balles que le fer du chirurgien n'a pu extraire, et sur lesquelles la chair s'est refermée : comparaison d'autant plus exacte que ces impressions, comme ces balles, font recouler notre sang à certains jours.

LIII

Et ces souvenirs de son enfance vivaient tellement chez Aloys, que vingt femmes peut-être qui
l'avaient vengé des dégoûts d'un père et d'une
mère — modèles d'aimable sollicitude, qui ne
pouvaient souffrir l'idée que leur fils ne fût pas
un joli garçon, — n'avaient pas effacé la trace de
la raillerie amère : rougeur qui ne brûlait pas la
joue, mais la pensée... quand il y pensait.

LIV

Ame grande pourtant, que cet Aloys. — Mais
l'Océan, qui engloutit les falaises, roule aussi
l'algue marine dans son sein. — Il y avait en lui
assez d'espace pour que toutes les douleurs s'y
donnassent rendez-vous et y vécussent sans se
coudoyer. Cette grandeur incommensurable et
solitaire, cette force morale qui avait autrefois
rendu superbe le nez épaté de Socrate, jetait
souvent d'augustes reflets aux tempes pâles d'Aloys,
et les femmes, à ces heures suprêmes, en restaient
plus pâles que lui et confondues comme si le Ciel
se fût dévoilé tout à coup, tandis que ce n'était
que le masque de cet homme qui s'entr'ouvrait!

LV

Car il avait un masque, — un masque de fer
cadenassé derrière sa tête et dont il avait jeté la
clef à la mer, — un masque plus dur et plus
froid que celui du frère adultérin de Louis XIV :
car c'était le mépris qui l'avait forgé et l'orgueil
qui l'avait scellé là. Il ne voulait pas que les
hommes se réjouissent de l'avoir blessé, s'ils pouvaient le blesser encore. Il ne voulait pas qu'une
idée haute et grave fût accueillie par le rire ou
l'indifférence. Il avait la pudeur de la pensée et
la fierté plus chaste encore du sentiment.

LVI

Il avait tout cela ; mais il le gardait entre lui et Dieu, ce discret confident de toutes les supériorités inutiles. S'il avait moins connu les femmes, on eût pu croire qu'il gardait pour sa future *adorée* ces perles de l'âme, qui d'ailleurs ne dispensent pas de l'autre écrin ; mais, pour agir ainsi, il savait trop qu'on se coiffe avec un camée, et que les choses morales ne se portent pas dans les cheveux. Ce qu'il y avait donc de mieux en lui, restait en lui, et par-dessus, il avait mis ce qui vaut mieux que quatre griffes de lion entrecroisées sur notre cœur pour le défendre : — cette plaisanterie qui a des ailes, et que les pédants, dans leur style de plomb, appellent frivolité, par jalousie. Comme ce fameux vêtement que porta Jean Bart tout un jour, cette splendide culotte d'argent, doublée de drap d'or, qui eut les résultats cruels d'un cilice, l'envers était encore plus précieux que l'endroit de sa personne ; et, comme Jean Bart victime de sa doublure, c'était aussi le plus beau et le plus intérieur de son âme qui le faisait le plus souffrir.

LVII

Dans toutes les coupes de la vie où il avait
plongé ses lèvres, il avait bu une absinthe amère
qui, sur ses lèvres, se retrouvait toujours. Une
éternelle ironie dictait ses paroles, ironie si profonde que, dans la mollesse de sa voix et la courtoisie de son langage, rien n'en trahissait le secret... Pourtant les autres sentaient une insultante
puissance qui se jouait d'eux à travers ces paroles
gracieuses... On sentait cela comme, en entendant
l'harmonica — musique céleste ! plaisir inénar-
rable ! — on sent que l'on va s'évanouir.

LVIII

Mais, ce soir-là... il parlait moins à Joséphine qu'il n'écoutait la ravissante poupée. Seulement, de temps en temps, on voyait, au mouvement de ses lèvres, qu'il laissait tomber un mot... un simple mot qu'elle ramassait, et sur lequel elle dévidait pendant un quart d'heure ses pensées — si l'on peut appeler de ce mot ambitieux le frêle produit du cerveau gazeux de madame d'Alcy. — Ils parlaient, ou, pour mieux dire, elle parlait du magnétisme animal.

LIX

Le résultat de cette soirée fut le désappointement de ce bon M. d'Artinel, qui piétinait tout en
parlant politique avec un gros général qui l'avait
collé à la cheminée. De cette cheminée, il envoyait de temps à autre un regard d'angoisse sur
Joséphine et sur son heureux partner ;... sur Joséphine qui n'aurait pas (à ce qu'il lui semblait
du moins à la distance où il était placé) ramassé
un monde quand elle l'aurait eu à ses pieds. Enfin
ce fut encore l'opinion d'Aloys, quand il se leva
des chastes flancs de Joséphine, et que nous lui
eûmes demandé ce qu'il en pensait.

LX

« Mon Dieu ! » — fit-il nonchalamment, — « c'est
une sotte qui a tout juste assez de jargon pour
imposer à de plus sots qu'elle. » — Jugement plus
cynique, en vérité, que nous ne l'attendions de sa
part. — « Elle n'est pas jolie, » — continua-t-il. —
« Voyez-la plutôt d'ici, roulant sa tête avec tant
d'affectation dans ce rideau d'un bleu moins pâle
qu'elle n'est blond pâle. D'honneur, son teint est
plus blond que ses cheveux ! Je crois que, si elle
avait un amant, elle ferait très artistement des
larmes sur le papier des lettres qu'elle lui écri-
rait, avec quelques gouttes du verre d'eau à la
fleur d'orange qu'elle boit avant de se coucher. »

LXI

Cela dit, Aloys ne s'occupa plus de Joséphine et eut plus d'esprit que jamais avec nous. — Le lendemain, il la vit encore chez madame de Dorff, où ils allaient souvent tous les deux. Au bout d'un mois de rencontres à peu près quotidiennes, je demandai, un soir, à Aloys, s'il avait toujours la même opinion sur Joséphine : — « Oui, toujours, » répondit-il avec un sang-froid d'autant plus admirable qu'alors il l'aimait comme un fou.

LXII

Est-ce que vous vous étonneriez, par hasard, madame, de ce qui arrivait à Aloys ? Est-ce la première fois qu'un fait — insolent de sa vérité de portefaix — vient culbuter cette théorie un peu niaise de l'Idéal, amour allemand des imaginations mystiques ? Quant à moi, qui ai peu de pente vers le mysticisme exalté, et qui — mais d'une autre manière que le docteur Kant — ai l'entente de la réalité à un degré très supérieur, la femme que j'ai le plus aimée — et certes ! j'en ai aimé beaucoup — était l'antipode de tout ce que j'aurais voulu.

LXIII

Il l'aimait comme un fou, — oui, — l'amour avait en lui l'intensité de la folie ; mais là, madame, l'analogie s'arrêtait court. — La raison lui était restée, forte, inflexible, inaltérable, et, quoiqu'il l'aimât, cette femme, il la faisait passer, dans sa pensée, sous l'équerre et le niveau d'un jugement qui ne s'attendrissait jamais.

LXIV

Car il était de cette race sauvage et un peu
fière d'hommes pour qui rien n'est illusion dans
la vie : yeux perçants, qui voient la ride à côté de
la bouche aimée, la misère du cœur qu'ils pres-
sent sur leur cœur avec le plus d'amour ! Aigles
qui, s'ils s'accouplent, déchirent l'aiglonne dans
leurs caresses, comme indigne de leurs nids d'em-
pereur ! — s'ils deviennent pères, brisent un matin dans leurs griffes l'œuf fragile ou l'oiseau
sans serres, trop faible pour leur résister, comme
autrefois ils meurtrirent, d'un coup nonchalant de
leur grande aile, la poitrine de leur père dé-
crépit.

LXV

Hommes qui n'ont de respect pour rien sur la terre; — que le monde accuse d'égoïsme, parce que leur *moi* est plus grand que le monde; — de méchanceté, parce que leur œil implacable a tout vu des motifs cachés... Pour ces sortes d'hommes, l'amour à la Pétrarque est impossible. S'ils disent quelquefois beaucoup de sornettes, ils font extrêmement peu de sonnets. Insolents! pour eux, la femme, cet ange de pureté douteuse, n'est qu'un plus ou moins joli... succube. — Quand ils iront chez vous, madame, faites dire par le portier que vous n'y êtes pas.

LXVI

Mais non... recevez-les plutôt, madame ; — faites-leur les yeux doux et vous serez vengée ; — car ces hommes ont un cœur que vous pouvez mettre en mille pièces, comme le plus frêle de vos tissus ; percer en riant, comme un de vos festons avec votre poinçon d'acier. Seulement, — n'est-ce pas bien dépitant, madame ? — on a beau les désoler, ils se consolent ; ils ne meurent pas. C'est avec leur esprit qu'ils pansent leurs blessures ; immortel dictame qui les sauve toujours ! Plus heureux que Mahomet, il n'y a point de Fatmé qui les empoisonne, ou, s'il y en a, c'est du poison inutile : ils sont les Mithridates de l'amour. Ce ne sont pas eux qui ont inventé le symbole si touchant — mais un peu commun — du lierre qui meurt où il s'attache. Eux, plus souvent que les plus souples lianes, ils se détachent très bien sans en mourir.

LXVII

Et pourquoi ne se détacheraient-ils pas, madame ? Ils ont trop reçu du ciel en partage pour ne pas s'en servir, les grâces tombantes de la clématite ; et d'ailleurs, — je vous en demande pardon si vous êtes d'Europe et surtout Française, — sur bien des points, quoique sensibles, ils se rapprochent des opinions de ce faux et abominable Prophète qui n'eut sur les femmes que des idées dignes d'un conducteur de chameaux. A leurs yeux comme aux siens, — hélas ! je rougis de le dire, moi pour qui une femme est une madone, une belle forme blanche (quand elle est blanche toutefois) à invoquer du pied d'un autel, — à leurs yeux donc la femme n'est, après tout, qu'un coussin de divan plus ou moins parfumé, un délicieux coussin de divan pour dormir, bâiller et faire... l'amour !

LXVIII

Et cependant, — malgré ses opinions imperti-
nentes, — l'homme est voué à une telle inconséquence qu'il bouleverserait le monde pour un
simple coussin de divan ! Que de fois on l'a vu
(vous peut-être, madame ?) malheureux, et malheureux jusqu'au délire, parce que le coussin A, par
exemple, n'était pas à la place du coussin B.
C'est ce qui arrivait aujourd'hui à Aloys de Synarose ; comme il était déjà arrivé à M. Baudouin
d'Artinel.

LXIX

Il faut que je mette une histoire dans cette histoire. Un de mes meilleurs amis, madame, prétendait, avec la fatuité en usage chez les cœurs bien épris, avoir pour maîtresse la plus ravissante créature, depuis les talons jusqu'à la tête... inclusivement. J'ai vingt de mes amis qui ont, pour leur compte, une prétention toute semblable, et qui croient même à ce qu'ils disent... ce qui est plus fort. Mais celui dont il est question se faisait mieux croire que tous les autres, quand il parlait de son bonheur. Si j'avais su peindre sous la dictée comme je sais y écrire, nous aurions un portrait de plus, et nous pourrions juger si l'ensemble répondait aux détails... Un portrait, relique précieuse pour celui qui aime ! — Mais, bah ! tout portrait est un mensonge ou une impuissance ; et, comme souvenir, j'aimerais mieux de ma maîtresse ce que ce mauvais plaisant de Bonaparte osa léguer à sa mère en plein testament.

LXX

Oui, les peintres ont menti par la gorge, la main, la couleur et la pensée, quand ils s'imaginent retracer les traits adorés par nous, et que, nous, nous avons la lâcheté de le souffrir ! Fussent-ils Raphaël lui-même, — ce chaste Raphaël qui mourut dans le lit infect d'une courtisane, mais dont la pensée ne posa jamais le bout de son blanc pied d'ange là où il n'eut pas honte d'appuyer ses lèvres enivrées, — ils ne seraient pas dignes de retracer celle dont l'image a d'un regard — d'un seul regard — passé indélébile dans nos cœurs, ces voiles de sainte Véronique, mais sur lesquels le sang qui peint la tête adorée est le nôtre, et non pas le sien.

LXXI

Sans doute, l'ami que je vous ai cité, madame,
pensait ainsi sur le néant de ces bijoux que l'a-
mour quelquefois échange et sur lesquels il pleure
l'absence, quand il n'a pas le triste courage de
les briser. L'image sacrée reposait dans sa poitrine, et non dessus... au bout d'un ruban qui s'u-
sait. Seulement, par je ne sais quelle tendre inconséquence encore, il avait peint lui-même un
trait, un seul trait de sa maîtresse, et du moins il
y avait dans cette idée tout un divin mystère de
l'âme qui faisait pardonner l'exigence des sens
abusés.

LXXII

C'était un œil, — gauche ou droit, je ne saurais le dire, — mais c'était un œil bleu pâle comme de la violette de Parme, et lumineux comme de la rosée ; étincelant et mélancolique comme une étoile, mais comme celle d'Hespérus, dans un ciel où elle est seule encore ! Astre doux et bon qui se laissait regarder dans l'auréole de ses cils d'or sans vous en punir par une larme, soleil d'avril qui semblait sortir d'un horizon de tempêtes ; car le contour de cet œil si frais et si pur était plongé dans une sombre nuit.

LXXIII

Et je comprends cette fantaisie ! — Pascal, —
ce loup-cervier du jansénisme, qui mit à sang
toutes les pensées humaines dans le crin de son
cilice, — Pascal ne demande-t-il pas quelque
part si c'est le nez ou les oreilles que nous aimons
dans la femme aimée ?... Aimer l'œil de sa maîtresse, c'est aimer la pensée elle-même, —
une pensée épanouie en une fleur charmante et
éclairée d'un jour divin, — une pensée qui languit ou sourit, mais toujours attire, — et nous
repousse aussi parfois,

LXXIV

Les jours de migraine — ou de caprices, pires encore. — Mais étaient-ce les yeux de Joséphine qu'Aloys eût fait peindre sur sa bonbonnière, ou son front bombé, ou sa lèvre incessamment mordue par une dent taquine, ou quelque chose de plus voluptueux encore? — L'autre jour, j'ai été foudroyé, madame, par le pli en losange d'une robe de satin.

LXXV

Je ne sais pas ce que cette maudite robe recouvrait. — Quand j'aurais pu le savoir, je ne l'aurais pas voulu... mais ce pli, froncé par le diable lui-même !... Cette robe était de la couleur tendre et sérieuse qu'on appelle *manteau de La Vallière*, et, soit la superstition de ce nom d'un charme si doux de mélancolie, soit une impression plus brûlante, je m'arrêtai devant celle qui portait avec une mollesse si traînante les couleurs de la carmélite, et je vis ce que je ne dois pas me rappeler.

LXXVI

Revenons plutôt à notre histoire, madame. Si c'était vous, je rêve de vous encore ; — mais vous, vous m'aurez oublié ; il vaut donc mieux revenir à Aloys. Aloys s'était juré à lui-même de ne jamais parler de son amour à Joséphine, et c'était un garçon bien assez maître de ses nerfs pour se tenir la parole qu'il s'était donnée, comme s'il avait été un autre que lui. Je suis persuadé que vous ne vous souciez guère d'Aloys, madame ? On ne sait jamais où l'on en est avec des hommes pareils, et les femmes, ces naïves personnes, aiment immensément l'abandon... dans les autres.

LXXVII

« Du moins, » — se disait mon héros, — « je ne
« serai point trompé par elle. Elle ne jouera pas
« avec mon cœur, la gracieuse chatte, comme
« avec un peloton de fil ! Et si un jour elle en
« trompe un autre, elle ne montrera pas mes let-
« tres, mes cheveux ou la tristesse de mon front
« comme un trophée d'armes. Je veux briser
« comme du verre sa vanité sous mon orgueil. »

LXXVIII

« Je veux briser ! » Et il était brisé lui-même de la résolution stoïque qu'il prenait ; mais, indomptable dans ses brisures, il n'était pas abattu. Comme Diogène, qui se roulait dans le sable ardent, sous le ciel le plus dévorant de l'été, il s'exposait sans sourciller à toutes les amertumes d'une passion comprimée. Il se regardait, impassible, brûler le cœur, comme Scœvola se regardait brûler la main. Souffrir, pour lui, c'était vivre, c'était remplir sa vocation d'homme. — Il aurait eu des chevaux de poste pour fuir la douleur, qu'il eût refusé de les monter !

LXXIX

Partout où il rencontrait Joséphine, et il la rencontrait partout, il montrait la coquetterie d'esprit qu'il avait avec toutes les femmes. Il croyait l'avoir pénétrée, — amère science, coup d'œil qu'on paie cher ! — mais il restait impénétrable. Il lui adressait les mêmes flatteries avec une voix tout aussi légère qu'aux femmes les plus indifférentes. Il aurait été impossible d'apercevoir à travers ses manières que cette femme fût pour lui autre chose... qu'une jolie chose, tout au plus. — Cependant, j'observai qu'il était toujours un peu plus pâle auprès d'elle ; — mais la différence était imperceptible.

LXXX

Pâle sur pâle, — signe des natures passionnées quand elles souffrent ou jouissent. Car alors le sang se retire au cœur comme un fleuve qui remonte à sa source. Hélas ! Joséphine n'avait point le secret de cette pâleur, flocon épars, tombé du matin même sur la neige d'hier un peu durcie, et que le moindre souffle emportait !

———

33

LXXXI

Elle aimait — qui peut dire pourquoi ? — à causer de longues heures avec Aloys, et pourtant elle sortait toujours de ces interminables causeries mécontente d'elle et de lui. — Certainement il n'avait pas dit un mot qui ne fût convenable. Louis XIV, ce roi du convenable, ne l'était pas plus qu'Aloys. Eh ! mon Dieu, c'était peut-être justement pour cela qu'elle était mécontente. S'il avait été entraîné à quelque moment ; si la pensée trop à l'étroit avait crevé la parole, — eût-ce été pour laisser passer une impertinence : elle était habile, elle était souple, elle avait de l'ongle, elle était femme, elle en aurait pris avantage ; tandis qu'il fallait subir tout entière la supériorité d'Aloys.

LXXXII

N'était-ce pas bien dur, cela, madame ? Aloys
avait la sérénité d'un sage. Un sage est fort impatientant ! Il avait la sérénité d'un sage, mais d'un
sage dont on ne riait pas ; car au fond de cette
sagesse il y avait la puissance. Cela ne se voyait
pas, mais cela se sentait. Aussi, après une de ces
conversations — irréprochables — Joséphine
rentrait-elle fatiguée, brisée, anéantie, la tiède
sueur au front, les nerfs agacés ! — car toujours
Aloys l'avait amenée à en dire beaucoup plus
long qu'elle n'aurait voulu. — En vain se pro-
mettait-elle de se raidir à la première occasion,
la conversation d'Aloys ressemblait aux montagnes
russes : une fois parti, on ne pouvait plus s'ar-
rêter.

LXXXIII

« M'aime-t-il ? » se demandait-elle, en se souriant en enfant gâtée dans sa glace. La glace disait oui, mais la vanité doutait encore. Pour la première fois de sa vie, la vanité, cette glace flatteuse, lui semblait de moins belle eau que celle de son boudoir. Elle tremblait en s'y regardant.

« Je le saurai bientôt, » reprenait-elle. — Charmante rêveuse ! le coude appuyé sur le marbre de la cheminée, on aurait dit une pauvre jeune femme amoureuse. — « Prenez donc garde, Fanny, vous allez casser les cordons de mon corset ! »

LXXXIV

« Je le saurai demain ! » et l'éternel demain
ne venait jamais. Tout l'hiver se passa ainsi. Il
n'y eut pas une seule de ces magnifiques et im-
perceptibles ruses féminines, employées depuis
Ève jusqu'à la marquise du V..., dont elle ne se
servît pour savoir si Aloys l'aimait ; mais, hélas !
ce fut inutile. Elle alla même jusqu'aux coquetteries, — mais aux coquetteries vertueuses, avec
M. Baudouin d'Artinel.

LXXXV

Quant à elle, elle éprouvait peut-être la seule espèce de sentiment dont elle fût susceptible: une curiosité âcre, brûlante, stimulée sans cesse ; — et sans doute, dans ces conversations si longues et si pleines de la métaphysique du cœur, dans l'ivresse des fleurs, des bougies, de la musique et de la danse, elle trouvait de ces moments à sensations singulières dont parlait Ninon de Len-clos, et que les hommes sont si malheureux d'ignorer.

LXXXVI

Émotion vive, sans nom et bientôt passée ! toute semblable à l'écume rosée et légère d'une bouteille de bourgogne mousseux frappé de glace. — Elle n'avait point été pétrie d'une brûlante poussière ; — et j'ai plus de lave à ma pipe qu'il n'en entrait dans la composition de toute sa personne.

LXXXVII

Un jour, c'était au mois de mai, le 17 de
mai (j'aime les dates dans les histoires de cœur :
elles ressemblent à de petits bâtons d'ivoire sur
lesquels les souvenirs — ces bouvreuils à la poitrine sanglante — viennent plus commodément
percher), Aloys avait passé toute la journée à la
campagne. Le corps, chez cet élégant stoïcien,
était moins robuste que l'âme. A force de souffrir
moralement, il avait gagné une gastrite, un commencement de pulmonie et une inflammation du
cerveau, légère encore, il est vrai, mais qui pouvait s'aggraver — aimable espérance ! — Son
médecin l'avait mis à la gomme, aux sangsues et
au lait d'ânesse.

LXXXVIII

. Il était allé passer quelques jours, à la première floraison des roses, au château de madame de Dorff, la grande amie de Joséphine, une de ces bonnes amies... comme il est doux et consolant d'en avoir *une* quand on est femme, car il est rare d'en avoir deux, — une de ces liaisons qui consolent et qui vengent de la perfidie des hommes, — quoique les mauvaises langues prétendent que deux femmes ne sauraient s'aimer.

34

LXXXIX

Et cette damnée opinion, je l'avais autrefois, madame. — J'avais remarqué le regard que deux femmes se jettent quand elles se rencontrent pour la première fois, soit dans un salon, soit au spectacle, soit même à l'église... et, franchement, ce diable de regard me confirmait dans ma détestable croyance ; mais ce jugement trop précipité a fait place à une appréciation plus saine et plus juste des choses, quand j'ai vu une femme sacrifier héroïquement son amant à son amie, — il est vrai qu'elle en prenait un autre, — et une institutrice vouloir faire épouser à son élève le sien — dont elle ne voulait plus.

XC

O amitié ! amitié ! sentiment des anges entre
eux, essayé par les hommes ici-bas, — il est vrai
que je préfère une douillette ouatée pour l'hiver,
— ô amitié ! tu n'en es pas moins le plus spirituel mouvement du cœur, la plus noble aspirat'on
de la pensée ! Je ne sais plus quel sculpteur, pour
exprimer la divine essence, représenta deux beaux
enfants nus — un garçon et une fille — qui
s'embrassaient saintement sur la bouche. Idée
hardie que J.-J. Rousseau — le plus plat des
laquais — osait appeler une obscénité. Ah ! c'était
deux jeunes filles qu'il fallait sculpter ainsi pour
t'exprimer, ô amitié ! mais peut-être quelqu'un
trouverait-il que c'est là un non-sens plus qu'une
obscénité encore.

XCI

Madame de Dorff était donc l'amie de Joséphine, — une amie bien rare, comme dit ma grand'- mère, en parlant de la millième qu'elle ait eue. Madame de Dorff n'était plus jeune ; elle mettait du rouge comme Jézabel : Joséphine pouvait donc l'aimer. Si nous avions été au dix-huitième siècle, Joséphine, l'énigmatique Joséphine, dont les ru- bans étaient toujours frais et venaient nous né savons d'où, aurait peut-être été la mademoiselle Aïssé de madame de Dorff, tandis qu'elle n'était que sa *chère belle*, titre officiel sans grande valeur. madame de Dorff prenait avec elle ces airs mater- nels de patronnesse, si chers aux femmes sur le re- tour. Si elle avait connu la passion d'Aloys pour Jo- séphine, elle lui aurait dit sans nul doute : « Je vous remercie de l'aimer. » Mot historique que j'ai entendu dire par une de ces amies qui ré- pètent : « Pauvre enfant, comme elle se com- promet ! » à un homme qui se mourait d'une passion sublime.

XCII

Or, Aloys retournait à Paris. Au moment où il allait partir : « Monsieur de Synarose, » — dit madame de Dorff, avec cette assurance aristocratique qui ne craint point un refus, cet aplomb de femme bien née qui impose un désir comme une loi, même à un indifférent, — « si j'osais, je vous prierais de remettre ce flacon à madame d'Alcy. J'étais si souffrante dans ma visite d'adieu que je l'emportai. Voulez-vous la remercier pour moi et lui dire que je suis tout à fait bien à présent ?... »

XCIII

C'était la première fois que l'occasion se pré-
sentait pour Aloys de voir madame d'Alcy chez
elle. Elle n'y recevait pas d'homme. Retraite mystérieuse où un pied botté ne pénétrait jamais, son
boudoir ne s'ouvrait qu'aux femmes : car elle
était trop jeune et dans une position trop délicate,
puisqu'elle n'avait pas de mari et ne se réclamait
d'aucun parent, pour voir chez elle plus que
quelques jeunes femmes et beaucoup de ces res-
pectables douairières qui plastronnent si bien une
réputation contre les coups de la médisance, et
qui s'occupent encore des plaisirs des jeunes gens
— mais d'une façon orthodoxe — en leur faisant
faire de bons mariages.

XCIV

Aloys prit le flacon des mains de madame de Dorff, — un charmant flacon d'agathe, obscur comme la pensée d'une femme ; mais qui exhalait, sous son bouchon d'or ciselé, une vague odeur d'essence de verveine, cette plante magique et sacrée dont les sorcières se couronnaient le front autrefois. — Les sorcières d'à présent ne la portent plus que dans leurs flacons. — Aloys promit qu'il remettrait le flacon à madame d'Alcy, le même soir.

XCV

Il y alla. Elle était seule. — Il aurait mieux aimé la voir flanquée de quelques-unes de ces vertus à chevrons dont elle était ordinairement entourée ; — mais elle était seu'e, et ce n'était pas le moment de montrer l'embarras vulgaire des dix premières minutes d'un tel tête-à-tête avec la femme que l'on aime. Il ne vou'ait pas perdre l'équilibre de sa fatuité, fût-ce sur le tapis ou sur le canapé de madame d'Alcy.

XCVI

Elle était languissamment assise sur une espèce de divan très bas, une espèce de meuble oriental qui lui rappelait l'existencè des odalisques, au sein de sa chaste solitude. Elle était languissamment assise, — oisive et probablement ennuyée d'être seule depuis si longtemps. Attendait-elle? Le diable seul pouvait le savoir. Sa robe (car la robe fait partie de la personnalité d'une femme, et je n'ai jamais pu les séparer), sa robe était d'une couleur indécise, — une nuance un peu hermaphrodite, entre le gris et le lilas. On aurait dit un nuage capricieux tissé pour elle, une de ces vapeurs d'un soir de printemps, derrière lesquelles on imagine les plus délicieux horizons.

XCVII

Mais je n'ai jamais su décrire et je glisse sur tous ces détails. Elle était donc oisive et languissante. Pourquoi languissait-elle ? elle ne le savait pas ; mais c'était une pose, et lady Hamilton elle-même n'avait pas plus l'art des poses que Joséphine. — Il est vrai que ses études sur l'antique avaient été moins profondes ; et quant à celles sur le nu, personne ne pouvait en parler. — Il était impossible d'avoir l'air plus pensif. — J'adore ces fronts inclinés où toujours flotte l'ombre de quelque chose, — rêverie qui passe, revient ou demeure, comme l'image d'un saule pleureur sur l'eau. — Ce soir-là, elle avait l'air encore plus pensif qu'à l'ordinaire. Je le crois bien, c'était une femme qui pensait toujours... à avoir l'air de penser.

XCVIII

Aloys — la poitrine saboulée par les palpita-
tions de son cœur, en se trouvant seul avec cette
femme, — remit à Joséphine, d'une main ferme,
le flacon dont l'avait chargé madame de Dorff. —
Puis commença une causerie qui, à la troisième
phrase, comme il arrivait perpétuellement entre
eux, tourna tout à coup sur les mystères ou les
mysticités du sentiment.

XCIX

C'est plus dangereux que de marcher sur la pointe des clochers, ces conversations! Elles ont fait plus de Françoises de Rimini que les plus tendres livres du monde, lus en tête-à-tête avec un beau jeune homme. C'est le Poul-Serrho de bien des innocences. — Aloys y fut admirable d'empire sur lui-même, car il sentit que jamais il ne l'avait aimée davantage. Ah! s'il avait pu toucher Joséphine d'une baguette et l'endormir sur son divan, quels baisers fous il eût répandus sur ce front à la molle courbure, sur le vélin de ce teint mat et dans ses lèvres entr'ouvertes, — calice de rose un peu jauni, mais si suave encore!!! — Mais la baguette magique d'Aloys était un esprit merveilleux, qui faisait tout le contraire d'endormir les gens qu'il touchait.

C

Son orgueil lui disait bien un peu que, s'il voulait oser, l'audace réussirait peut-être. Il avait
l'opinion hautaine que qui veut une femme l'a
toujours. — Opinion qui touche, il faut le dire,
à l'insolence, et que toutes les femmes ne pardon-
nent guère, apparemment parce qu'une telle impertinence les met dans la nécessité de résister.

CI

Mais il ne *voulait* pas, — car il la méprisait.
— Et cependant, il avait soif, et le lac lui cou-
lait au bord des lèvres. Il éprouvait le désir aux
mains rapaces qui nous ferait serrer, à ce qu'il
semble, contre nos seins de chair, les étoiles du
ciel les plus lointaines. Eh bien! il avait mis à ce
désir les menottes de sa volonté... Joséphine ne
se douta pas une minute de ses tortures. — Quoi
qu'il en soit, qui peut dire que la force spartiate
d'Aloys n'aurait pas succombé, si le tête-à-tête
avait duré plus longtemps? Quand il se leva, il
était plus fatigué que madame de Staël d'un hiver
de conversations.

CII

Certainement il n'était pas au bas de l'escalier que Joséphine repoussait avec dépit le tabouret de velours blanc sur lequel elle avait étalé son pied dans tous les sens, pendant qu'Aloys était resté là. Chose difficile à digérer! Elle avait la conscience de l'habileté et de l'inutilité de ses manœuvres, et voilà qu'Aloys continuait d'échapper à toutes ces embûches si bien dressées et d'une combinaison si parfaite! Le désappointement fut si grand et si profondément senti, qu'après réflexion elle songea à risquer une lettre, — cette première imprudence de la passion, *cet abîme qui invoque tous les autres*, comme dit la Bible.

CIII

Car il vaut mieux donner sa personne que
d'écrire, et, par Jupiter ! madame, ceci n'est
point un paradoxe comme ceux que je soutiens
parfois. J'aime le paradoxe, il est vrai ; ma naissance elle-même en fut un, ma mère m'ayant in-
troduit dans le monde le jour où l'on célèbre la
fête de tous ceux qui en sont partis, — fête d'héri-
tiers où nous semblons dire aux pauvres morts, s'ils
nous écoutent : « Tenez-vous où vous êtes, agréez
nos sentiments et restez-y ! »

CIV

Mais ce n'est point un paradoxe : c'est une vérité triviale, vulgaire, usée — si la vérité n'était pas aussi éternelle que ceux à qui nous devons des rentes viagères — et mise à la portée de tous. Une lettre est une chose éminemment compromettante, une espèce d'état de service qui constate certains faits qu'il vaudrait bien mieux oublier. Du moins, quand on a relevé les boucles de ses cheveux un peu défaites et donné un coup d'œil à la garniture de sa robe, qui a droit de douter d'une vertu dont les épingles sont si bien attachées? Mais une lettre, une mince lettre de papier diaphane, griffonnée d'une écriture jolie et imperceptible comme la patte du colibri, est une base assez solide aux indiscrétions d'un sot et aux prétentions d'un impertinent.

CV

Et que la lettre soit signée ou non, qu'importe? — Ne pas signer est une lâcheté inutile.
— Justice de Dieu ou malice du diable! il n'y a
point une virgule qui n'accuse la main qui la traça.
Pauvres femmes, vous mettez dans le mot le plus
innocent, écrit par vous, toutes les lettres de
votre nom. — Eh bien! cette terrible glissade
dans son système de conduite, Joséphine fut sur
le point de la risquer. Je crois même qu'elle ouvrit son pupitre; mais elle le referma avec l'effroi
de Pandore quand elle vit tous les maux s'échapper de sa boîte à ouvrage. — A elle, ce n'était
pas l'Espérance, mais la réputation qui restait.

CVI

Une voix s'était élevée dans son âme, la voix
de la conservation de soi-même, — et qui avait
pris alors l'accent nazillard de la vieille comtesse
de Fiercy : « Faites la guerre, » — disait-elle ; —
« mais ne donnez jamais d'otages. » — « Oh !
'allais me perdre ! » s'écria Joséphine, — mais
pas de manière à être entendue, — et ce jour-là
elle se mit au lit avec le frisson.

CVII

Or, savez-vous, madame, ce que *se perdre* si-
gnifiait dans le vocabulaire de la moralité de
Joséphine? Se perdre équivalait à ne pouvoir trouver de mari. Quoiqu'on puisse rencontrer encore
de ces candides natures d'honnêtes hommes qui
épousent, sans trop se faire prier, des femmes
d'une réputation épistolaire — ou autre — fort
étendue, ce n'est pas moins une témérité que de
compter sur de telles bonnes fortunes, et un
esprit mûri par l'expérience se garde bien de voir
l'humanité trop en beau.

CVIII

Sans cela, madame, nous aurions une lettre de plus ! — Une lettre comme celles que j'ai eu le bonheur de lire, il y a quelques jours, quoiqu'elles fussent adressées à un plus heureux que moi, — véritable modèle de civilisation et d'aristocratie, où le mot *amour* n'avait pas été tracé une seule fois, mais où l'on parlait d'une irrésistible puissance nerveuse, pour expliquer certains abandons de soi-même.

CIX

Les femmes sont des êtres tellement inexplica-
bles, sous la transparence de leur peau et de leurs
regards elles cachent une telle masse de ténèbres,
que Joséphine bouda presque Aloys la première
fois qu'elle le rencontra dans le monde après sa
visite ; mais lui, qui voulait la punir des contra-
dictions de son dépit, déploya de si grandes ma-
gnificences d'amabilité que la boudeuse fut bientôt vaincue. — Le sourire revint à ses lèvres ; la
parole n'en était jamais exilée pour longtemps.
— Quand il la vit aussi douce et aussi souriante
qu'à l'ordinaire, Aloys pirouetta sur son talon et
ne l'approcha plus de tout le soir.

CX

Elle en devint de toutes les couleurs de l'arc-
en-ciel, mais plus foncées. — Au fait, cet homme
était le diable en personne, ou il avait emprunté au
démon ses moqueuses manières. Ah ! — pensait-
elle, — si elle l'avait tenu à ses genoux, quelles
larmes de vengeance elle en eût tirées ! quels
pleurs cruels elle lui eût fait répandre !... Oui, si
elle l'avait tenu à ses genoux ; mais le difficile
était de l'y faire tomber.

CXI

Du reste, madame, si l'Ange aux joues de rose
que Shakespeare appelle la Patience abandonna t
cette femme, dont la beauté de blonde commençait à filer un peu, la Vanité pâle, qui n'est pas
un ange, s'attachait à elle plus fort que jamais.
Dieu est patient, parce qu'il est éternel, disent
les Saints Livres. Elle n'était point patiente, parce
qu'elle n'était pas éternelle ; aussi, tout en déchi-
rant le bout de ses gants de dépit, et en mordil-
lant sa lèvre un peu davantage, elle se disait
orgueilleusement : « Si je voulais pourtant ! »
Puis, elle s'arrêtait terrifiée par la grandeur du
sacrifice ; car il aurait fallu exposer sa réputation,
— le plus précieux joyau d'un écrin qui ne ren-
fermait pas, il est vrai, tous les diamants de la
couronne, — et elle était encore plus préoccupée
d'une position que d'une vengeance.

CXII

Une position, — un mariage, — idées identiques pour une femme, puisque les hommes l'ont voulu ainsi. Oh! ne la blâmez pas de cette ambition, la seule que vous ayez laissée aux femmes, hommes dont l'égoïsme de lion a tout pris! Puisque vous achetez de la meilleure monnaie de vos poches... ou de votre âme, des places, des cordons, la députation, un ministère, pourquoi interdiriez-vous à la femme l'achat moral d'un mari, quand l'achat matériel n'est pas possible? Pourquoi interdiriez-vous aux pauvres femmes cette dernière ressource, en attendant leur émancipation définitive, ce qui ne peut manquer d'arriver, au train charmant dont nous allons?

CXIII

Quand, au lieu de vivre modestes, pures, retirées, rougissantes, dans le saint abri du gynécée,
elles se mêlent aux hommes, comme des femelles
à la croupe frissonnante et aux naseaux fumants
des appels d'une volupté grossière! Quand, in-
grates envers Dieu qui les fit si belles et s'aveu-
glant sur leur puissance, elles préfèrent la vanité
d'écrire au substantiel bien d'être aimées, et
souillent d'encre des mains divines pour prouver
à leurs contemporains la légitimité de l'adultère!

———

CXIV

Mais je crois que l'indignation m'emportait...
Vous souriez, madame, et je reviens à mon histoire. Joséphine n'était, elle, malgré les affectations
modernes de son langage et de ses poses, qu'une
femme affectée et rien de plus. Elle avait les coquetteries d'une femme, les ambitions d'une
femme, mais en avait-elle les tendresses? Quoi
qu'il en pût être, — et pour rester dans le vrai,
— ce n'était qu'une innocente enfant, une perfection, une petite fille de douze ans qui venait de
faire sa première communion le matin même, en
comparaison de ces femmes comme j'en connais
et que les hommes — aussi lâches qu'elles sont
impudentes — ne renvoient pas faire leurs com-
potes.

CXV

Hélas! madame, cette pauvre perfection était terriblement embarrassée! Elle allait et venait entre deux pensées, l'une de désir et l'autre d'épouvante; elle s'agitait entre la peur d'être compromise et le désir de plier Aloys à son caprice; mais il était impossible qu'elle restât beaucoup de temps encore dans une fluctuation si cruelle. C'était là pour sa rêverie un hamac qui n'était pas de soie, et dont les balancements ne produisaient pas le sommeil. Cette indécision devint trop violente. Aussi la vanité l'emporta-t-elle, et finit-elle par jouer son va-tout.

CXVI

Elle joua son va-tout. — Oui, madame, — intrépidement, comme Masséna, enfermé dans la presqu'île du Danube. Mais, avant de le jouer, elle mit de son côté toutes les chances de succès, et l'on peut dire que son adresse surpassa très fémininement sa bravoure ; ce fut une indescriptible tactique, un plan merveilleusement et subitement combiné. Il n'y a point de *Mémoires de Torcy* pour une telle politique. Si Joséphine avait pu l'écrire, — et peut-être que la première femme venue réparerait très bien cet oubli, — nous aurions un traité de la *Princesse*, en comparaison duquel le traité du *Prince* serait une niaiserie d'écolier.

CXVII

Voilà donc à quoi elle songeait, cette créature qu'on croyait frivole, avec ses airs évaporés, ses vagues regards et ses cascatelles de paroles qui tourbillonnaient dans les oreilles de tous ceux qui avaient la patience de les écouter. Elle coquetait et caquetait. Elle coquetait et caquetait avec nous tous, avec Aloys, avec M. Baudouin d'Artinel... et le temps se passait ainsi! Et nous pensions, nous les fortes têtes, nous qui nous imaginions tout savoir de l'inextricable nature des femmes, que madame d'Alcy n'était, après tout, qu'une poupée à ramage, montée sur ressort pour glisser mieux sur le parquet d'un salon.

CXVIII

A toujours attendre, toujours attendre, le mois d'août était arrivé. C'est un mois où les nuits sont si belles, si pleines du baume de toutes les fleurs, qu'au sein même des villes — ces bassins de marbre comblés d'immondices — ces belles nuits d'août ont un charme et un parfum encore. La lune alors, cette douce âme du ciel, semble répandre plus de lumière que dans les autres mois de l'année; elle paraît jeter à tous les objets une écume argentée et les franger d'une nacre humide.

CXIX

Une nuit pareille (il était plus de onze heures
et demie), une nuit pareille, — avait-elle été
choisie à dessein? — la porte vitrée du balcon
de la rue de Rivoli se trouvait entr'ouverte. Le
balcon était désert; mais, si l'on eût eu des yeux
assez perçants pour distinguer à travers le vitrage,
on eût vu deux personnes, assises l'une à côté de
l'autre, dans l'appartement presque obscur, —
où la lampe qui mourait semblait, par sa lueur
indécise, vouloir se mettre au niveau des faiblesses
qu'elle était destinée à éclairer... Ces deux personnes avaient le dos tourné à la lampe... Étaient-
ce deux amants, oubliant le monde et la vie
dans quelque rêverie nonchalante, pleine de sourires et de baisers? La lune penchait curieusement
son visage sur les sombres massifs des Tuileries,
comme si son Endymion, cette nuit-là, en avait
cherché le mystère.

CXX

C'était une nuit délicieuse avec ses paillettes d'étoiles, — une nuit ravissante comme ces visages de femmes qu'on n'a vus qu'une fois — peut-être en rêve — et qui restent dans nos souvenirs ; — une de ces nuits qu'on n'oublie pas non plus, pour peu qu'on l'ait passée avec le Dieu de son âme ou... sa maîtresse — ce qui est souvent la même chose ; — car le visage aimé est seul digne de recueillir ces lueurs saintes qui font doucement étinceler l'empreinte des baisers restée aux joues... si bien que l'on dirait des perles ou des larmes.

CXXI

Des larmes, qui ne furent point pleurées; mais que la bouche a versées dans une molle ivresse. Car, aux moments du bonheur comme à ceux de l'agonie, le sang de nos cœurs ne se retrouve-t-il pas toujours? Ah! soyons heureux bien vite! Hâtons-nous, fragiles créatures que nous sommes, hâtons-nous de résoudre en une rosée de baisers ce flot du cœur qui doit monter plus haut que la bouche, et qui tarira en pleurs amers!

CXXII

Mais il n'en était point ainsi pour eux...
C'étaient Aloys et Joséphine. Aloys, qui recevait,
comme un déluge de tuantes émotions, les impressions de cette soirée de lumière veloutée, de
repos et de mystère . . . .

. . . .

Il avait bien de l'esprit encore ; de l'esprit à
faire croire à madame Joséphine qu'il était aussi
calme que le ciel d'alors et aussi glacé que la
rosée qui glissait aux vitres. Seulement, de souffrances intimes, de peine à dompter sa pensée,
cet esprit, ordinairement d'une flamme si vive et
d'un coloris si ardent, n'avait plus que d'éparses
lueurs, — comme quelques feux de bivouac solitaire éparpillés sur la lisière d'un camp dans la
nuit.

CXXIII

Il n'en pouvait plus, d'une volupté furieuse et amère, et il était si près d'elle qu'il sentait la moiteur de son épaule contre la sienne. — Oh ! ne restez jamais ainsi, vous qui voulez conserver inébranlables vos résolutions de sagesse prises le matin même ! — Elle avait grasseyé, avec beaucoup d'art et de charme, toute la soirée. Elle avait même posé ses mains sur les siennes avec un abandon parfaitement joué, et, pour un homme aussi purement amoureux qu'Aloys, elle avait fait davantage encore... elle l'avait appelé deux ou trois fois *Aloys*.

CXXIV

Quant aux soupirs — de ces soupirs gala-
théens que l'on réprime et qu'on désire être en-
tendus — et quant aux regards de colombe
mourante, elle les sema sans les compter. C'était
bien le moins qu'elle pût faire : aussi je n'en parle-
rai pas. Elle était allée aussi loin que femme peut
aller, sans être une madame Putiphar qui prend
le manteau en désespoir de cause... Et, par l'âme
de mon grand-père ! elle était jolie, sous ce demi-
jour de la lune, mille fois plus qu'au jour faux
de ces bougies à la lumière desquelles Aloys
l'avait contemplée jusque-là.

CXXV

Et puis, hasard, caprice ou combinaison encore, elle avait enlevé son peigne et ses cheveux
lui tombaient sur le dos. Elle ressemblait à une
Marie-Madeleine. — Mais non, pourtant ; elle
n'avait l'air ni si tendre ni si repentie. Pardonne-
moi, âme trop vive, fille abusée, pâle troène que
le Christ ne rejeta point de son sein avant de
marcher au supplice, pardonne-moi de te com-
parer Joséphine ! Le marbre de Canova est plus
toi que cette fille du monde, à laquelle le monde
n'avait rien à reprocher comme à toi. Ce marbre
exprime cent fois plus d'âme que madame d'Alcy
n'en avait.

CXXVI

Mais l'aurait-on dit ce soir-là? Personne ne l'aurait dit, sans doute, personne... excepté Aloys. O femmes! il est donc des yeux d'aigle que vous ne pouvez crever avec vos poinçons! Le regard d'Aloys accusait une passion profonde, un enivrement formidable; mais son sourire était railleur, — railleur de la raillerie de Gœthe, quand il écrivait ses plus beaux vers. — Se moquait-il d'elle ou de lui?... Il dépensait, en efforts et en désirs étouffés, dix ans de sa vie auprès d'elle. Aimait-il ce cruel jeu? Y aurait-il la volupté de la torture, comme il y a la volupté de la volupté? Courageux jeune homme! il avait riposté par un *Madame*, quand elle l'avait appelé *Aloys*.

CXXVII

« Malgré le charme d'une pareille causerie, » dit-il en se levant, — et il chancelait, — « je vous demanderai, madame, la permission de me retirer. » — « Déjà ! » s'écria-t-elle, — et vraiment elle était émue, car il demeurait le plus fort, et toutes ces petites mines — déperdition de grimaces charmantes — aboutissaient à un résultat négatif dont elle était intérieurement humiliée. — « Il sera minuit tout à l'heure, » dit Aloys en regardant la pendule. Et il salua et sortit. — Si c'était là une fuite, avouez, madame, que c'était celle d'un Numide ! Il sortit avec la satisfaction de l'orgueil d'un homme, bâton noueux arraché aux chênes, et sur lequel on s'appuie si noblement quand on défaille : « Cette femme s'est offerte, et moi, je n'en ai pas voulu ! »

CXXVIII

Oui, elle s'était offerte... pour se refuser peut-être ; mais elle s'était offerte (car il y a certains manèges qui ont la signification de la parole), comme toutes ces coquettes jusqu'au buste qui aiment à faire éprouver le supplice de Tantale aux pauvres diables qui ont l'aberration de les aimer. — Elle resta immobile, quand il fut parti, ses yeux fixés sur la porte, pendant qu'une larme — plus froide que du poison — lui coula sur la joue encore animée ; larme de dépit, de vanité, de courroux, qui sécha avant d'arriver à la bouche. Hélas ! si la bouche l'avait bue, elle l'aurait trouvée si amère que Joséphine peut-être eût été guérie de la douleur honteuse qui la faisait couler. Ne dit-on pas que l'on guérit de la morsure du scorpion en l'écrasant sur la blessure ?

CXXIX

Le lendemain, elle fut plus tourbillonnante que jamais chez madame de Dorff. Je crus qu'elle se mordit plus fortement la lèvre quand elle aperçut Aloys; mais c'était chez elle une telle habitude qu'on ne pouvait rien en induire. Elle lui parla avec une bienveillance plus marquée que jamais. Elle montra enfin, pour cacher ce qu'elle éprouvait, l'élasticité merveilleuse que je lui avais toujours supposée : don céleste qui n'a pas été fait aux femmes en vain, et dont elles devraient vous remercier tous les soirs à genoux, ô mon Dieu !

CXXX

Elle quitta la soirée de bonne heure. Nous remarquâmes que l'honorable M. d'Artinel ne tarda pas à disparaître de l'horizon lorsque son étoile eut filé. Depuis longtemps, sa jalousie (si jalousie il y avait dans une poitrine beaucoup plus exposée, à ce qu'il semblait, à un asthme) s'était évanouie. Joséphine l'avait-elle rassuré?... Mais il avait l'ineffable délicatesse de la discrétion, et nous ne pouvons parler que de nos observations personnelles. — « D'ailleurs, » — disait-il en relevant sa cravate gommée, — « M. de Synarose a de l'esprit, si l'on veut, mais il le gâte par sa fatuité ; et, tant qu'à être fat, ceux de mon temps étaient beaucoup plus dangereux. »

CXXXI

Et après ce jugement, digne d'un homme accoutumé à la jugerie, il se reposait majestueusement en lui-même, — excepté quand Joséphine était là. Alors, il faisait l'empressé auprès d'elle avec la légèreté d'un vieux zéphir; de plus en plus, ses phrases se gonflaient de larmes et s'interrompaient de soupirs. L'isolement le tuait — c'était sûr — depuis la mort de sa femme, et il sentait plus vivement que jamais qu'avec une âme si pleine de sympathie il avait été créé pour vivre à deux.

CXXXII

Et puis il fallait une tutrice à ses filles — une
espèce de mère qui leur apprendrait à se tenir
droites et leur ferait un choix de romans. Déjà
elles couraient sur la lisière de l'adolescence,
époque difficile à traverser. Un amant pouvait arriver d'un jour à l'autre, et il fallait nécessairement leur apprendre quelle mine doivent faire des
filles bien élevées à la première déclaration.

CXXXIII

Et toutes ces considérations, sans nul doute, irritaient le goût déjà très vif que M. d'Artinel ressentait pour Joséphine. Elle, qui parlait de vertu, la ferait aimer à ses filles. Elles l'aimeraient au point de ne lui préférer personne. Les gens avisés calculaient donc que M. Baudouin d'Artinel s'approchait d'un second mariage, en proportion de ce qu'il regrettait le premier.

CXXXIV

Je sortis, ce soir-là, un des derniers de chez madame de Dorff. Elle demeurait rue de Castiglione, et je m'en revenais tout songeant comme un joueur en perte, — car j'avais joué et perdu, — par la rue de Rivoli. Il faisait un clair de lune d'une grande amabilité pour les tuteurs, les maris, les voleurs et les poètes, et autres personnages intéressés par état à l'observation nocturne. C'était une nuit transparente et sonore, quoique silencieuse, — la doublure de celle de la veille.

CXXXV

« Est-ce un voleur ou sommes-nous en Espagne? »
me dis-je, en braquant ma lorgnette sur une espèce
de corps épais suspendu entre le ciel et le pavé.
Je regardai mieux, — je regardai encore. — Une
femme se penchait timidement sur la rampe du
balcon, et dessinait la plus gracieuse courbe sur
l'azur du ciel. — Ce n'était pas la scène charmante de l'adieu, à la venue du jour, comme tu
nous l'as montrée, ô Shakespeare ! mais plutôt
celle qui dut la précéder. Et franchement, illusion
ou perspective favorable, la femme penchée, ô
Shakespeare ! était aussi jolie que ta Juliette.

CXXXVI

Ta Juliette ! — Cet amour de mes premiers rêves, — cette créature suave et pourtant terrestre, passionnée comme nous dans un corps plus divin qu'une âme, — pauvre enfant timide et hardie ! — vêtue seulement des jasmins du balcon, au milieu desquels elle apparaissait dans une nudité plus chaste que celle du ciel sans ses nuages, que celle de l'Aurore qui commence à poindre, car l'Aurore se sait nue et rougit... et Juliette l'avait oublié.

40

CXXXVII

Mais Roméo. Était-ce ton Roméo, ô mon grand
Shakespeare ! ou en était-ce une parodie cruelle ?
Ah ! le beau Montaigue, c'était vous, M. Baudouin
d'Artinel. Je vous reconnus fort bien avec votre
dos un peu arrondi ; — mais Platon avait les
épaules hautes, et qui n'est pas, d'ailleurs, un peu
bossu ?... En montant la poétique échelle de soie
verte, vous étiez précieux d'élégance, de souplesse,
d'agilité, de grâce ! Que votre gravité vous allait
bien ainsi perché dans les airs ! Ah ! pauvres mor-
tels que nous sommes, ayons donc cinquante ans
passés et allons juger, après cela !

CXXXVIII

Et il arriva au balcon sans encombre. — Or, — je dois l'avouer ici, madame, — je n'entendis et je ne vis rien de ce qui dut suivre. — La porte vitrée se referma sur l'heureux couple... et la lune alla toujours son train dans le ciel tranquille. Elle ne rougit pas, cette lune impudente, et moi, qui m'étais arrêté pour regarder cette scène singulière, je fis comme elle, j'allai me coucher.

CXXXIX

Le reste... est un impénétrable mystère scellé des sept sceaux de l'Éternel. Mon histoire pourrait, madame, finir à cette porte vitrée ; elle y gagnerait un vague poétique qui lui siérait, une immatériel'e auréole ! — Mais je déteste les poètes, et leurs mensonges et leurs réticences. Je les hais pour bien des raisons... mais surtout parce qu'ils nous gâtent la vie de telle sorte qu'elle ne ressemble plus, pour nous, qu'à une courtisane quand notre premier amour s'est envolé.

CXL

Je ne finirai donc point mon histoire en poète. Non, madame, mais je vous ferai boire plutôt le calice de la réalité jusqu'à la lie. La lie, madame, fut le mariage de M. d'Artinel et de Joséphine, qui eut lieu, peu de jours après, à l'Assomption. Nous l'y vîmes jouant, sous son voile de mariée, la pudeur heureuse, et devenant madame d'Artinel. Ce fut un fort joli spectacle. Sans doute elle avait fait comprendre à l'honorable et délicat M. Baudouin d'Artinel qu'il fallait une réparation éclatante, officielle, au tort qu'un entraînement de cœur et une scène de balcon espagnole avaient causé à sa réputation, ce bien qu'elle préférait à tout, après lui, toutefois.

CXLI

Et cela, dit d'une voix *pleine de larmes*, d'une voix de première représentation, n'avait pas manqué d'émotionner l'âme du sensible conseiller... D'ailleurs il devait être fier de cette préférence qu'elle avouait, et qu'elle lui avait prouvée d'une façon si romanesque. A tout prendre, c'était un homme d'une généreuse nature, et une femme compromise par lui, chose bien rare maintenant (non les femmes compromises, mais la manière d'agir avec elles de M. Baudouin d'Artinel), lui semblait un objet sacré. Enfin elle lui avait toujours plu... et c'est ainsi que, après avoir rassemblé tous ses motifs d'être le plus heureux des hommes, il le devint en l'épousant.

CXLII

Ce fut un samedi qu'il l'épousa. La petite église de l'Assomption était pleine, — cette ravissante église qui exprime la vérité dans l'art avec tant d'éloquence et qui, par cela même, était, ma foi, bien digne de recouvrir la vérité des sentiments que Joséphine exprimait alors. Elle était un peu embarrassée... mais une nuance d'embarras ne messied à personne un pareil jour. Elle n'avait plus cette sommité de joue écarlate qu'elle avait tou- ours quand elle parlait chez madame de Dorff, — mais il est vrai qu'elle ne disait rien. Elle était pâle comme l'était d'ordinaire Aloys, Aloys qu'elle avait aperçu dans la chapelle, et qui, lui, avait perdu de son habituelle pâleur, car il avait en- voyé promener sa gastrite, qui peut-être n'y était point allée, et il était rentré dans la vie — mais qui peut dire qu'il en était jamais sorti ? — par les déjeuners de homard, largement arrosés de bor- deaux.

CXLIII

Il était rentré dans cette vie que dédaignent les spiritualistes de notre âge et ces femmes d'éther pur qui se pâment en lisant Joubert, mais qui, après tout, est la vraie vie pour ceux qui croient que le mépris de la sensation est un parricide pour la pensée. Comme Shéridan, l'immortel esprit, il trouvait que se griser était une agréable chose quand le cœur faisait par trop mal.

Même au plus fort de son impénétrable amour pour Joséphine, il hantait le café Anglais. Je l'y avais vu souvent, brisé par ces crises muettes des grands cœurs, — combats de taureaux invisibles, — soulever son esprit avec son verre, et y chercher l'oubli entre l'ivresse et l'Ironie, — deux rieuses bien tristes, nées, la même nuit, du Désespoir.

CXLIV

La veille du mariage de Joséphine, la chronique disait — mais qui peut croire à la chronique ? — qu'on l'y avait vu souper tête-à-tête avec une femme qui n'était pas madame d'Alcy. Madame d'Alcy était un ange à qui tout souper devait naturellement faire horreur, car au dessert une femme est vraie, et, pour des pudeurs comme Joséphine, être vrai, c'est presque être nu. D'ailleurs, ce jour-là, elle ne s'appartenait déjà plus. Elle avait signé le bail de son bonheur le matin même, et, le soir, fait toutes les chatteries en usage chez les belles-mères d'un jour, avec les petites d'Artinel.

41

[CXLV

Ce n'était donc pas Joséphine ; mais qui diable
était-ce, en ce cas?... La chronique ajoutait —
mais la chronique est si menteuse ! — que le
partner femelle d'Aloys, à ce souper au moins bizarre, ne rappelait en rien madame d'Alcy. Elle
n'avait pas, il s'en fallait, ce parfum de vertu aristocratique : ce n'était pas un ange du même ciel.
C'était un être inférieur, — malheureusement
charmant, — digne du mépris de toutes les
femmes ; une espèce de tigresse... pour l'appétit
seulement, qui mangeait à belles dents de nacre,
et qui, le corset plein du marbre brûlant de la
jeunesse, se trouvait assez peu sylphide pour préférer un verre de champagne à de la rosée dans
des fleurs ! Ne croyons pas à la chronique, madame. Elle a dit... que n'a-t-elle dit ? Moi, je ne
sais pas ce qu'ils purent faire dans ce repas des
funérailles, donné avant le dernier soupir de l'a-
mour ; mais ce que je sais bien, c'est qu'Aloys
avait le lendemain, à l'Assomption, toute la gravité des circonstances, c'est-à-dire — qu'il était
fort gai.

CXLVI

Mais quant à M. d'Artinel, il était sérieux et irréprochable. Il avait la tenue d'usage : il portait un magnifique habit bleu, le second habit de cette couleur qu'il eût jamais porté depuis son premier mariage, car il faut se marier en bleu si l'on veut qu'une union soit heureuse. En cela nous différons des Orientaux, pour qui le bleu est un signe de deuil. Eux, ils le portent quand ils pleurent, et nous lorsque nous nous marions ; — ce qui prouve, disent les philosophes, l'unité de l'esprit humain.

CXLVII

Avec l'habit bleu indispensable, il avait aussi acheté la bague de rigueur, — cette bague qu'on appelle si singulièrement une *alliance*, et qui n'est que le premier anneau de la chaîne qui n'a pas de bout. Cette bague était un vrai chef-d'œuvre. Les noms de M. Baudouin d'Artinel et de Joséphine y étaient mêlés à des dates mystérieuses, si bien que le diable lui-même ne s'en serait pas démêlé. Quand le cercle d'or fut passé au doigt effilé de Joséphine, Aloys, qui regardait fort attentivement la symbolique cérémonie, se pencha vers moi et me dit : « Vous rappelez-vous la bague d'Annibal ?... »

CXLVIII

« Est-il fou? » — pensai-je — « ou bien l'amour, si riche en développements inattendus, l'aurait-il jeté dans les études historiques?... » Mais il ne remarqua point mon étonnement, ou, s'il le vit, il ne s'y arrêta point. « La bague d'Annibal » — poursuivit-il — « avait une pierre, et sous cette pierre, il y avait une goutte de poison. C'est avec cette goutte de poison que se tua Annibal. Eh bien ! il y a des bagues sans pierre qui renferment un poison plus subtil que celui d'Annibal, car c'est un poison invisible. Seulement » — ajouta-t-il avec une gaieté parfaite — « ce poison-là ne tue pas les grands hommes, mais une petite chose : il tue l'amour. »

CXLIX

« Je vous en fais mon compliment, » lui dis-je.
— Il vit que je l'avais compris, et il ne repou.sa
point le compliment. — « Oui, vous avez raison, »
— repris-je; — « nous avons tous nos *bagues
d'Annibal* dans la vie ; mais ce qu'il y a de plus
étrange, c'est que, ces bagues qui nous empoi-
sonnent, ce n'est pas à nos doigts que nous les
portons... »

CL

Joséphine eut donc, madame, une position dans le monde, — plus un mari et trois belles jeunes filles, douces comme les moutons de madame Deshoulières, à tourmenter, — ce qui est, il faut bien l'avouer, un agréable passe-temps lorsqu'on s'ennuie. — Reste d'habitude ou manière d'être aimable avec son mari, elle parle toujours de vertu avec la même abondance, et personne ne ui connaît d'amant encore.

CLI

Je parierais qu'elle n'en aura pas. — Cependant, avec les jeunes femmes qui ont des maris ou des amants jeunes comme elles, elle avoue qu'elle n'a pour M. d'Artinel que de l'estime, et qu'elle l'a épousé par pitié. — Regretterait-elle Aloys ?... J'oubliais de vous dire, madame, qu'Aloys alla à son bal de noces comme il était allé à sa messe de mariage, et qu'il lui demanda l'honneur de la première contredanse, puisque M. d'Artinel ne dansait pas. — Ce jour-là, il avait sans doute avalé le crapaud que Champfort conseille — pour être homme du monde — d'avaler tous les matins avant de sortir de chez soi.

FIN

TABLE

L'AMOUR IMPOSSIBLE

FIN DE LA TABLE

Achevé d'imprimer

Le quinze septembre mil huit cent quatre-vingt-quatre

PAR

ALPHONSE LEMERRE

25, RUE DES GRANDS-AUGUSTINS

A PARIS